INTRIGO

HÅKAN NESSER

INTRIGO

A MORTE DE UM ESCRITOR

Tradução
Fernanda Åkesson

1ª edição

Rio de Janeiro-RJ / Campinas-SP, 2019

VERUS
EDITORA

Editora
Raïssa Castro

Coordenadora editorial
Ana Paula Gomes

Copidesque
Lígia Alves

Revisão
Cleide Salme

Capa
© Mono Studio

Fotos e ilustrações de capa
© Luka Jenko and Intrigo Picture Ltd

Projeto gráfico e diagramação
André S. Tavares da Silva

Título original
Rein

ISBN: 978-85-7686-733-3

Copyright © Håkan Nesser, 2018
Todos os direitos reservados.
Publicado originalmente por Albert Bonniers Förlag, Estocolmo, Suécia.
Edição publicada mediante acordo com Bonnier Rights, Estocolmo, Suécia e Vikings of Brazil Agência Literária e de Tradução Ltda., São Paulo, Brasil.

Tradução © Verus Editora, 2018

Direitos reservados em língua portuguesa, no Brasil, por Verus Editora. Nenhuma parte desta obra pode ser reproduzida ou transmitida por qualquer forma e/ou quaisquer meios (eletrônico ou mecânico, incluindo fotocópia e gravação) ou arquivada em qualquer sistema ou banco de dados sem permissão escrita da editora.

Verus Editora Ltda.
Rua Benedicto Aristides Ribeiro, 41, Jd. Santa Genebra II, Campinas/SP, 13084-753
Fone/Fax: (19) 3249-0001 | www.veruseditora.com.br

CIP-BRASIL. CATALOGAÇÃO NA FONTE
SINDICATO NACIONAL DOS EDITORES DE LIVROS, RJ

N379m

Nesser, Håkan, 1950-
   A morte de um escritor / Håkan Nesser ; tradução Fernanda Åkesson. - 1. ed. - Campinas [SP] : Verus, 2019.
   21 cm.   (Intrigo ; 1)

Tradução de: Rein : Intrigo 1
ISBN 978-85-7686-733-3

1. Romance sueco. I. Åkesson, Fernanda. II. Título. III. Série.

18-52348
                           CDD: 839.73
                           CDU: 82-31(485)

Vanessa Mafra Xavier Salgado - Bibliotecária - CRB-7/6644

Revisado conforme o novo acordo ortográfico.

Seja um leitor preferencial Record.
Cadastre-se no site www.record.com.br e receba
informações sobre nossos lançamentos e nossas promoções.

Atendimento e venda direta ao leitor:
mdireto@record.com.br ou (21) 2585-2002

PREFÁCIO

Intrigo é um café localizado em Keymerstraat, na área central de Maardam.

É também o título da série de três filmes dirigida por Daniel Alfredson em 2017, com estreia internacional prevista para 2018 e 2019. Os longas-metragens *Death of an Author*, *Samaria* e *Dear Agnes* se baseiam em quatro das minhas histórias, que serão reunidas na série de livros Intrigo, depois de terem sido publicadas na Suécia em volumes esparsos. O romance curto *Tom* foi escrito há pouco tempo e é inédito.

Um livro é um livro e um filme é um filme. Histórias necessitam ser remodeladas com frequência, precisam encontrar outras formas de expressão quando passadas de um meio para outro. Muitas vezes, podem até ganhar um novo desfecho. No caso de Intrigo, todas as diferenças perceptíveis entre os livros e os filmes, além de necessárias, foram intencionais.

Mas a semelhança, a essência de cada história, aquilo que realmente importa, obviamente foi mantido.

Estocolmo, novembro de 2017
Håkan Nesser

I

Eu tinha duas razões para viajar até **A.**, talvez até três, e, já que é minha intenção relatar tudo minuciosamente como deve ser, escolho meu ponto de partida: a viagem para **A.**

Como nem tudo está escrito, há naturalmente um grande risco de que muita coisa seja alterada, mal esclarecida. Talvez eu não consiga desassociar todos os acontecimentos e conexões, portanto é obviamente uma boa ideia seguir a cronologia natural dos fatos. Minha esperança é a de não cair muitas vezes na tentação de voltar ao passado.

Quem pode dizer quando algo realmente começou?

Quem?

A primeira razão foi aquele concerto no rádio, o concerto para violino de Beethoven, que como se sabe é tocado em ré maior e estreou em 1806 com o violinista Franz Clement; também é notório que o próprio Beethoven achou que era uma obra-prima e nunca mais se preocupou em compor algo do gênero. Incomparável, em outras palavras.

Fiel aos meus hábitos, eu havia me acomodado no sofá de couro Barnsdale, com algumas cobertas sobre as pernas. Um cálice de vinho do Porto a uma distância confortável sobre a mesa, acompanhado de uma tigela com nozes e de uma vela solitária acesa. Lembro-me de ter pensado que aquela leve luz bruxuleante de alguma maneira parecia simbolizar a distância entre o meu ser e a música, o impenetrável território, a vaga porém definitiva fronteira entre o eu e o outro. Lá fora uma chuva insistente martelava na janela — tínhamos chegado à metade de novembro e o tempo estava como de costume nessa época do ano: escuro, molhado e melancólico. Ventos fortes atravessavam ruas e vielas, e a temperatura nas últimas semanas havia oscilado entre zero e alguns poucos graus positivos, no máximo.

A transmissão havia começado passados poucos minutos das oito da noite, e eu me encontrava naquele estado que permite grande concentração ao mesmo tempo em que nos sentimos relaxados, tão característico e provavelmente único para que se aprecie um evento musical. Talvez houvesse cochilado durante alguns minutos, mas tenho certeza de que não havia perdido sequer um tom da deslumbrante performance de Corrado Blanchetti.

A tosse apareceu na parte final, justamente a mais tranquila da composição, o que foi uma espécie de choque. Ao longo dos anos tenho feito uma profunda reflexão sobre o ruído, sobre a minha reação a ele, e sei que não há sombra de dúvida em relação a ambas as coisas. Foi um choque elétrico, simplesmente. Elétrico e emocional; fiquei abalado, e essa condição se manteve por um bom tempo, enquanto, meio anestesiado, eu ouvia os acordes finais do concerto até os aplausos, e o apresentador explicava que havíamos acabado de apreciar o concerto para violino de Beethoven, executado pela sinfônica da rádio em A. O solista era Corrado Blanchetti, e a data do evento, 4 de maio daquele ano.

Eu não pretendo negar que havia certa dúvida intelectual desde o primeiro momento. De maneira nenhuma eu descartava a possibilidade de ter ouvido mal, de ter entendido mal.

Fiquei pensando, pesando e examinando a veracidade daquela memória auditiva de poucos segundos; não sou dessas pessoas que gostam de tomar decisões apressadas, mas no íntimo sabia que eu não havia me enganado.

Era ela. Era a tosse de Ewa. Em algum lugar na plateia, durante aquela apresentação, realizada seis meses antes, minha mulher desaparecida estivera presente, e por meio de uma tosse leve, que ela não conseguira segurar, recebi o primeiro sinal de vida dela em mais de três anos.

Uma tosse vinda de A. Faltando um minuto e meio para terminar o concerto para violino de Beethoven em ré maior. Claro que parece estranho que algo assim aconteça, mas, considerando todo o resto, diante de tudo o que me aconteceu tanto antes como depois, não foi assim tão despropositado.

Levou mais de uma semana — nove dias, para ser exato — para que eu conseguisse a gravação do concerto da rádio (meu gravador havia ficado desligado, infelizmente, durante a transmissão, pois eu tinha me esquecido de comprar uma fita cassete), mas a grande dúvida que havia tomado conta de mim desapareceu no instante em que ouvi novamente. Quatro ou cinco vezes voltei a fita até o momento certo, e a cada vez eu tentava prestar a máxima atenção ao ruído.

Não consigo descrever exatamente. Há uma palavra melhor para especificar uma tossida? Eu me dou conta de que apenas uma parte da nossa existência e das nossas sensações realmente chega ao domínio da linguagem. Enquanto é perfeitamente possível para mim, com o auxílio da audição, diferenciar as características específicas da tosse de uma pessoa entre milhões de outras, tenho dificuldade para encontrar uma palavra ou expressão adequada para descrever o som. Creio que a distinção poderia ser feita com a ajuda de gráficos de frequência de som e técnicas semelhantes, mas para mim esse aspecto foi desnecessário e irrelevante desde o início.

Era Ewa quem havia tossido. No dia 4 de maio ela estivera em A. e assistira ao concerto para violino de Beethoven, eu sabia desde que ouvira sua tosse e tinha certeza absoluta depois de ter escutado mais uma vez.

Ela estava viva. Viva e em algum lugar, pelo menos seis meses antes.

Isso havia me deixado em estado de choque, como já mencionei.

A segunda razão para que eu viajasse até A. chegou duas semanas depois do concerto no rádio. Uma manhã bem cedo, meu editor, Arnold Kerr, me ligou para avisar que Rein havia falecido e um original dele havia chegado.

Aquilo me pareceu a princípio um tanto desconcertante e contraditório, e no mesmo dia nos encontramos no Klosterkällaren durante o horário de almoço para discutir a história.

Discutir o pouco que havia para ser discutido naquele momento, quero dizer. Rein tinha morrido, constatou Kerr, remexendo distraidamente o fettuccine com o garfo. As circunstâncias não haviam ficado esclarecidas, mas Rein não andava bem de saúde nos últimos anos, portanto sua morte não era uma grande surpresa. Tentei me inteirar dos detalhes, naturalmente, mas Kerr apenas encolhia os ombros, dizendo que sabia pouco do que tinha acontecido. Ele recebera a notícia por telefone; Zimmermann havia ligado de A. na noite anterior e informado sobre o ocorrido. Kerr achou que os fatos seriam esclarecidos com um comunicado à imprensa, que acabou demorando demais para sair, mas deveria ser divulgado naquela noite. Rein era um nome bastante conhecido, tanto em seu país natal como em outras partes do mundo civilizado.

Minucioso e considerado um tanto difícil, mas lido e apreciado também, além de ter sido traduzido para uma dezena de idiomas. É aqui que eu entro na história, ou assim havia entrado. As obras anteriores de Rein, *Suíte Tschandala* e os ensaios, haviam sido traduzidas inteiramente por Henry Darke para o nosso idioma, mas, a partir de *O silêncio de Kroull*, quem tinha feito o trabalho era eu. A doença de Darke o obrigara a parar totalmente com os trabalhos de tradução, e várias vezes durante as nossas conversas percebi que ele nunca ficava satisfeito com seus textos finais ou com a relação que mantinha com Rein. Em um dos nossos encontros, apenas alguns meses antes do falecimento de Darke, ele deixou claro que se sentia desconfortável perto de Rein. Eu ainda não conhecia Rein pessoalmente nessa ocasião e achei isso um tanto estranho, mas com os anos, reconheço, fui entendendo melhor e sendo levado a concordar com Darke. Na realidade, me encontrei com Rein apenas umas quatro ou cinco vezes, e mesmo assim percebi algo difícil de digerir em sua personalidade. Nunca consegui esclarecer o que me fez pensar assim, mas essa sensação esteve sempre presente.

Bom, foi assim até o dia em que Kerr e eu estávamos reunidos no Klosterkällaren nos perguntando por que ainda não havia saído nada sobre a morte de Rein nos jornais, no rádio ou na televisão, apesar de praticamente um dia inteiro já ter se passado.

— Você não mencionou um original? — perguntei.

Kerr se inclinou e começou a procurar em sua pasta, encostada à perna da mesa. Pegou um grande envelope amarelo, preso com elásticos aqui e ali, fazendo uma espécie de pacote.

— Isso é que é absurdamente estranho — ele disse, limpando a boca nervosamente com o guardanapo.

Ele retirou os elásticos e abriu o envelope. Apanhou a primeira folha de papel e me entregou. Estava escrito a mão, com tinta preta, em uma caligrafia meio amontoada. Reconheci a letra.

> A. 17.XI/199-
> Envio-lhe este manuscrito para tradução e publicação. Proíbo-lhe todo e qualquer contato com meus editores e outros. O livro não poderá, de maneira alguma, ser publicado em meu idioma materno. Altamente confidencial.
> Respeitosamente,
> Germund Rein
> P.S. Esta é a única cópia existente. Presumo que posso depositar minha confiança no senhor.

Olhei para Kerr.
— Que raio significa isso?
Ele sacudiu os ombros.
— Não sei.

Kerr me explicou que o envelope chegara no dia anterior, com o correio da tarde, e que ele havia tentado entrar em contato com Rein diversas vezes por telefone. Suas tentativas tiveram um fim natural, como ele mesmo se expressou, pois Zimmermann acabara ligando para comunicar o falecimento de Rein.

Depois desses esclarecimentos, ficamos ali sentados em silêncio, apreciando a comida por alguns minutos, e eu me lembro de ter dificuldade para desviar os olhos daquele envelope amarelo, que Kerr havia acomodado do seu lado direito, sobre a mesa. Eu sentia imensa curiosidade, mas também certo desgosto. Meu último encontro com Rein havia acontecido meio ano antes, quando seu último livro fora traduzido por mim; *As irmãs vermelhas* era o título. Havíamos nos encontrado na editora rapidamente, e, como de costume, ele ficara calado, de maneira quase autística, apesar de termos seguido todas as suas instruções ao pé da letra para a coletiva de imprensa. Tínhamos brindado com champanhe e xerez. Amundsen havia mencionado que o livro provavelmente seria um sucesso, e Rein se limitara a permanecer sentado, vestindo seu terno puído de veludo cotelê; parecia que o único sentimento que ele era capaz de expressar era o desprezo. Um desprezo cinzento, apático e desinteressado, que ele nem ao menos tentava esconder.

Seria mentira dizer que eu nutria alguma simpatia por Germund Rein.

— E então? — acabei perguntando.

Kerr terminou de mastigar e engolir antes de levantar o olhar e me observar com seus olhos pálidos de editor. Ao mesmo tempo, largou os talheres e começou a tamborilar com os dedos sobre o envelope amarelo.

— Eu falei com Amundsen.

Acenei com a cabeça. Naturalmente. Amundsen era o diretor da editora e a pessoa de maior responsabilidade no caso.

— Estamos totalmente de acordo.

Fiquei esperando. Ele parou de tamborilar. Juntou as mãos e olhou para fora, em direção a Karlplatsen, aos bondes e às hordas de pombos. Compreendi que, com essa pausa simples, ele queria que eu entendesse a importância do momento que estava por vir. Kerr não era uma pessoa que costumava deixar coisas importantes passarem em branco.

— Você vai fazer a tradução. Queremos que comece imediatamente.

Não respondi.

— Se esse manuscrito contiver a mesma quantidade de referências do anterior, o melhor é você estar em A. também. Que eu saiba, não há nada que o prenda na cidade, estou certo?

Ele havia adivinhado minha realidade. Fazia três anos que eu não tinha nada que me prendesse na cidade, além do meu trabalho duvidoso e da minha inércia. Kerr sabia muito bem disso, infelizmente. Mesmo assim, eu ainda não queria dar uma resposta definitiva; talvez quisesse mantê-los esperando no banco de reservas por algumas horas, portanto pedi um tempo para pensar. Pelo menos uns dois dias, até tomar minha decisão ou até que os detalhes sobre a morte de Rein fossem esclarecidos. Kerr aceitou minha proposta, mas, quando nos separamos na porta do restaurante, percebi que a ansiedade crescia dentro dele.

Era muito óbvio. Enquanto eu caminhava para casa sob um vento açoitante, ia pensando no assunto, tentando avaliar as exigências feitas por eles com mais atenção. Se era verdade o que Rein escrevera na carta, tratava-se de um manuscrito nunca lido. Não lido e desconhecido. Não era difícil imaginar a sensação que causaria no mundo editorial e nos leitores em geral quando a notícia se espalhasse. A última obra de Germund Rein, primeira edição traduzida! Por que não fazer o lançamento no aniversário da morte do autor?

Independentemente do conteúdo, o livro seria um best-seller e geraria muito lucro para a editora, que nos últimos anos vinha enfrentando problemas financeiros, o que não era segredo para ninguém.

Um pré-requisito, obviamente, era que a confidencialidade e o sigilo fossem respeitados. Exatamente quais eram as circunstâncias que cercavam esse caso tão peculiar era difícil saber ainda nesse estágio, mas, se fosse como Kerr esperava, havia apenas quatro pessoas no mundo que sabiam da existência do manuscrito. Kerr e Amundsen. Rein e eu.

Rein estava morto, aparentemente.

Enquanto almoçávamos no Klosterkällaren, Kerr não perguntara se eu gostaria de dar uma olhada no manuscrito, nem eu tinha pedido para fazer isso. Até que eu lhe desse uma resposta positiva, seria obrigado a ficar no escuro sobre o conteúdo daquele envelope. Foi quase ritualística a maneira como Kerr colocou de volta os elásticos que prendiam o envelope em forma de rolo e o guardou de novo na pasta. Quando pegamos os casacos na chapelaria do restaurante, reparei que Kerr prendeu a alça da pasta ao pulso com uma corrente e concluí que ele realmente levava tudo aquilo muito a sério. Ele e Amundsen provavelmente estavam obedecendo às ordens de Rein ao pé da letra e não haviam feito nenhuma cópia do original.

O que estou relatando aqui ocorreu na quinta-feira da semana anterior ao primeiro domingo do Advento, e, como eu ainda não tinha tomado nenhuma decisão sobre o assunto, tudo acabou se resolvendo assim que cheguei ao meu trabalho no departamento.

Schinkler e Vejmanen vieram ao meu encontro com uma expressão de desagrado no rosto, me fazendo entender imediatamente o que havia acontecido. Nosso pedido de verba extra para o projeto havia sido rejeitado.

Minhas suspeitas foram confirmadas quando Vejmanen soltou um palavrão. Schinkler sacudia a carta do Ministério da Educação, que havia chegado cerca de meia hora antes, e parecia arrasado.

Nós três sabíamos bem da nossa situação; mesmo que não tivéssemos discutido muito sobre o assunto, tínhamos plena consciência do que aquilo significava.

Éramos três pessoas e o projeto só teria verba para duas.

Um trabalharia em turno integral e os outros dois em meio expediente. Ou dois de nós trabalharíamos em tempo integral e o outro teria de ser dispensado.

Schinkler era o mais antigo no emprego. Vejmanen tinha mulher e filhos. Pensando agora, sei que eu não tinha muitas opções.

— Acho que consigo uma bolsa de tradução — eu disse.

Vejmanen desviou o olhar para o chão e coçou nervosamente o pulso.

— Por quanto tempo? — Schinkler perguntou.

Sacudi os ombros.

— Por seis meses, creio.

— Então estamos combinados — Schinkler disse. — Até o próximo outono conseguimos arranjar verba, provavelmente.

A partir de então, ficou decidido. Passei a manhã limpando minha mesa e bebendo minha cota da garrafa de uísque que Vejmanen havia comprado na loja de bebidas do outro lado da rua. Quando cheguei em casa, liguei para Kerr e perguntei se ele tinha descoberto algo mais sobre a morte de Rein.

Ele não sabia de mais nada, e eu lhe contei que havia decidido assumir o trabalho, de qualquer maneira.

— Ótimo — Kerr respondeu. — Eu não esperava menos de você.

— Desde que vocês arquem com as minhas despesas em A. durante seis meses — acrescentei.

— Nós pensamos em sugerir exatamente isso. Você poderia ficar hospedado na Translators House, não é?

— Provavelmente — respondi e, sentindo o uísque fazer efeito, encerrei a conversa ali mesmo.

Resolvi dar uma cochilada. Era dia 23 de novembro, e, antes de cair no sono, fiquei ali deitado por um instante pensando em como a vida pode mudar rapidamente, de um momento para o outro.

Não era nenhuma ideia nova, mas havia amadurecido durante uns dois anos. E, se me perseguiu até o mundo dos sonhos, não faço a mínima ideia. Eu raramente conseguia me lembrar dos meus sonhos e, nas poucas vezes em que isso acontecia, sentia um efeito negativo em meu estado de espírito.

É claro que o esquecimento é muito mais confiável que a memória, eu havia aprendido de uma maneira ou de outra.

Três de janeiro foi um dia de frio extremo. A temperatura estava em quinze graus abaixo de zero, e no aeroporto o vento norte era forte e violento, provocando atrasos de horas na maioria dos voos. Fui obrigado a passar a tarde toda na cafeteria aguardando meu voo e tive muito tempo para pensar no que realmente estava para fazer.

Talvez fosse natural que aquela antiga sensação de intercambialidade tomasse conta de mim agora. A impressão que eu tinha de que todas aquelas pessoas sentadas esperando, andando impacientes de um lado para o outro entre as lojas do duty free, todas arrancadas de seu cotidiano, poderiam trocar de lugar e de identidade umas com as outras em um passe de mágica. Poderíamos largar nosso passaporte em um amontoado no chão e deixar o acaso, disfarçado de algum policial entediado e anônimo, escolher uma nova vida para cada um de nós. Seria como um sorteio justo, sem preferências ou compromisso.

Tentei ler também, mas não o manuscrito de Rein, que Amundsen e Keri tinham me entregado em uma pequena cerimônia na noite anterior. Eu decidira aguardar um momento mais oportuno para iniciar essa missão. O que eu folheava e tentava ler agora eram alguns romances policiais duvidosos que comprara na liquidação depois do Natal, mas nenhum deles conseguia despertar meu interesse de maneira eficaz, me envolvendo na trama.

Fiquei ali pensando na vida, como se diz. Pensei em Ewa e em como iria à sua procura quando estivesse em A.; me perguntei se deveria me virar sozinho ou se seria melhor entrar em contato com um detetive particular. Considerando o que via no momento, eu estava inclinado a começar a busca sozinho e procurar ajuda mais tarde, assim que fosse necessário.

Não me iludia quanto a precisar de ajuda para procurá-la, mas meu pensamento estava mais concentrado em Rein; era muito difícil afastá-lo da mente, mesmo não tendo vontade de lamentar sua morte noite e dia. Eu já tinha passado dessa fase, e havia uma porção de dúvidas que só seriam solucionadas se seu corpo fosse encontrado.

Se é que algum dia isso aconteceria. A notícia da morte de Rein levou quatro dias para ser anunciada, depois que Kerr recebeu o telefonema de Zimmermann. Pelo que entendemos, a viúva do escritor se negava a aceitar a tese de suicídio e não concordava em divulgar a causa da morte na imprensa até que todos os exames e análises fossem feitos. Apenas quando o barco abandonado foi encontrado, com todos os indícios de suicídio aparente, ela permitiu que o anúncio do falecimento fosse feito.

O lugar que ele havia escolhido, ou melhor, a localização provável do ocorrido, era difícil de definir por causa dos ventos fortes e das correntes desta época do ano; além disso, tudo indicava que seu corpo havia sido levado pelo mar. Se ficasse comprovado que ele colocara pesos para afundar o próprio corpo, tudo levava a crer que os restos mortais da figura quase mitológica de Germund Rein se encontravam entre trezentos e quinhentos metros abaixo da superfície e uns vinte ou trinta quilômetros mar adentro, segundo a avaliação minuciosa de C. G. Gautienne e Harald Weissvogel, do *Poost*, o jornal que melhor tentou definir a localização exata do ocorrido.

De alguma forma, aquilo tudo era muito típico da personalidade de Germund Rein, e eu podia imaginá-lo com clareza acomodado lá, abaixo da superfície, com seu sorriso de desprezo nos lábios, enquanto os peixes devoravam sua carne flácida de homem idoso.

Ele era vaidoso demais para ser sepultado debaixo da terra como nós, simples mortais. Assim foi ele, intocável até o último momento de vida.

Percebi, naturalmente, que pensamentos como esse não combinavam com a missão que eu tinha de realizar em A. Se há algo que pode atrapalhar um bom trabalho de tradução é a sensação de inimizade ou animosidade nutrida contra a pessoa do autor.

Mas eu nem havia começado, e talvez fosse bom me ver livre dos sentimentos de agressividade antes de começar.

Acho que tentei me convencer disso, pelo menos.

Meu avião decolou às dez da noite, com um atraso exato de seis horas, e, depois de um voo bastante turbulento, quando aterrissamos em S-haufen, nos arredores de A., já passava da meia-noite. A empresa aérea ofereceu aos passageiros a possibilidade de passar a noite no hotel do aeroporto; eu, assim como a maioria, aceitei a oferta. Foi então na manhã do dia 4 de janeiro que desembarquei do trem na estação central de A. Não sei por que perco tempo relatando minuciosamente meus horários; talvez seja uma questão de controle, de sensação de controle, o que Rimley caracteriza como "o peso decisivo do tempo e espaço dos movimentos", ou algo do gênero. Não sei se você está familiarizado com Rimley, mas, quando passei um tempo em A., naquele lugar parado, logo percebi como havia se tornado secundário para mim controlar datas e horários. Enquanto trabalhava na biblioteca, era comum terem de me enxotar na hora de fechar, e me lembro de, em algumas ocasiões, durante os meses de março e abril, ter tentado abrir a porta do mercadinho do bairro muito depois da hora do expediente ou bem cedo em uma manhã de domingo.

Mas foi no dia 4 de janeiro que cheguei, pela manhã. O ar ali também não era o que se chama de primaveril.

Com duas malas pesadas e minha pasta desgastada — contendo o envelope amarelo, alguns dicionários e um envelope grande com várias fotografias de Ewa —, peguei um táxi que me levou até a Translators House. Dos seis quartos disponíveis para alugar, quatro já estavam ocupados por dois africanos, um finlandês e um irlandês ruivo que encontrei na escada. Ele cheirava a uísque barato e se dirigiu a mim em uma espécie de alemão. Recusei seu convite para tomar um drinque no bar do outro lado da rua, fui ao meu quarto dar uma olhada e decidi tentar encontrar algo melhor o mais rápido possível. Eu havia discutido a questão da moradia com Kerr e Amundsen, e eles tinham me alertado de que talvez a Translators House não fosse a melhor opção depois que a história viesse à tona. Provavelmente minha estadia em um lugar como aquele chegaria mais cedo ou mais tarde aos ouvidos dos editores de Rein, e havíamos decidido não desrespeitar o último desejo do falecido: discrição absoluta. Meu trabalho em A. seria levado de maneira que não chamasse atenção para o que eu estava fazendo, pois as especulações e notícias em torno da morte de Rein vinham circulando desde dezembro, havendo ainda muito dinheiro a ser ganho tanto com a publicação de novas edições de sua obra quanto com novidades sobre o caso. Sem mencionar o estrondo que um original seu faria quando fosse descoberto. Uma obra póstuma, cuja primeira edição seria uma tradução, podia ser considerada um verdadeiro absurdo.

O envelope amarelo ainda estava dentro da pasta. Fui obrigado a jurar perante Amundsen e Kerr que zelaria pelo original com minha dignidade e minha própria vida, e ainda assim eles fizeram uma cópia e guardaram no fundo do cofre mais secreto da editora. Apesar de todas as precauções, ainda era um projeto um tanto arriscado, na opinião de Amundsen. Minha insistência em não começar a ler o manuscrito imediatamente podia parecer exagero, mas era esse meu método quando traduzia. Como muitas outras coisas que eu herdara de Henry Darke, e percebi não ser algo muito comum na profissão. A ideia é a interpretação e a tradução começarem imediatamente, já no primeiro contato com o texto, e, para ter mais êxito em meu trabalho, me permito ler o original o mínimo possível antes de iniciar, de preferência uma frase ou uma linha, no máximo meia página. Sei que outros tradutores fazem exatamente o contrário, preferem ler e analisar toda a obra duas ou três vezes antes de começar o trabalho escrito, mas Henry Darke recomendava o outro método e eu logo concluí que era mesmo o melhor para mim. Especialmente em se tratando de um escritor como Germund Rein, que nos deixa a sensação de que nem ele mesmo sabe claramente o que vai acontecer nas próximas páginas.

Na Translators House há, além dos quartos disponíveis para alugar, uma cozinha coletiva com fogão, geladeira e freezer, uma biblioteca com um acervo bem selecionado (principalmente no quesito dicionários, naturalmente) e locais de trabalho com bastante privacidade. Nesse meu primeiro dia tudo parecia meio abandonado. Na geladeira encontrei algumas latas de cerveja, meio tablete de manteiga e um pedaço de queijo que parecia estar lá desde bem antes do Natal. A biblioteca estava bastante empoeirada e nada acolhedora; em três das mesas disponíveis, os abajures estavam danificados, e eu decidi que estava fora de cogitação abrir o manuscrito de Rein naquele ambiente tão lúgubre. A máquina de café na entrada estava quebrada, e a sra. Franck, que ficava na recepção quatro horas por dia, me contou que haviam encomendado uma nova em outubro, mas a entrega estava atrasada. Ela também começou a me explicar as rotinas de lavanderia e limpeza, mas eu a interrompi dizendo que já tinha me hospedado ali antes e sabia como tudo funcionava; além disso, não pretendia ficar mais de uma semana.

Parece que, com esses meus simples comentários, acabei por magoá-la, pois ela assoou o nariz de forma explícita e voltou a atenção ao seu tricô sem mais uma palavra.

Eu a deixei sozinha e saí para dar uma volta na cidade. Era uma terça-feira normal de trabalho, mas havia muito movimento, pelo menos nas áreas central e turística, pelo que percebi. O frio era tangível; muitos dos canais estavam congelados e um vento cortante vinha do mar. Acabei entrando em algumas livrarias e lojas de instrumentos musicais, mais para me aquecer. Fui a alguns cafés, onde havia cerveja e era permitido fumar, fiquei observando as pessoas e logo percebi que era Ewa quem eu estava procurando. Toda mulher de cabelo comprido, escuro e liso chamava minha atenção, e a ideia de ficar cara a cara com ela novamente me estimulava e preocupava ao mesmo tempo.

Fiquei pensando em nossa última manhã juntos naquele pequeno vilarejo na montanha, antes de Ewa partir para sua jornada final, e me lembrei da ternura infinita que senti por ela quando entrou no carro, indo embora para encontrar o amante. Guardo na lembrança que fiquei parado na varanda tentando controlar o forte impulso de gritar para ela voltar, enquanto o carro se afastava e Ewa acenava através do vidro aberto. Eu queria alertá-la, fazê-la ficar comigo, em vez de deixá-la partir para aquela viagem fatal. Quando a vi desaparecer por trás do muro de pedra, não consegui segurar um grito, mas ele não fez efeito algum. Parecia mais uma exclamação vaidosa, fruto de meus sentimentos dúbios naquele momento. Nem mesmo o zelador idoso catando folhas nos canteiros de flores lá embaixo me escutou. Depois de vê-la partir pela estrada sinuosa que descia a montanha, voltei ao quarto e tomei um longo e refrescante banho.

Não, na verdade primeiro me deitei na cama e tentei ler por um momento, o que obviamente não funcionou no estado em que eu me encontrava.

Foi assim, entrando em lojas, cafés e pensando em Ewa, que acabei me deslocando vagarosamente pela área central de A. em direção ao Parque Vondel e à biblioteca municipal, localizada na Van Baerlestraat. Da minha última visita à cidade, eu tinha a lembrança de que ela abria à tarde e funcionava até a noite, o que seria muito proveitoso para mim, pois nunca fui uma pessoa que gosta de acordar e trabalhar cedo. Ser obrigado a executar qualquer tarefa importante antes do meio-dia sempre foi meu calcanhar de aquiles, desde a adolescência. Eu gostava das noites e das madrugadas, pois era quando minhas capacidades, tanto mentais quanto físicas, estavam no auge. Não havia razão, exceto se fosse obrigado pelas circunstâncias, para não passar as manhãs na cama.

Eu estava certo quanto aos horários da biblioteca. Na placa estava escrito que abria de segunda a sexta, das duas da tarde às oito da noite, e aos sábados do meio-dia às quatro, o que não poderia ser melhor. Não entrei nesse primeiro dia, mas resolvi que voltaria no dia seguinte. Como não tinha a menor pressa de retornar à Translators House, resolvi passar o restante do dia passeando pela cidade. Depois de andar sem rumo por cerca de uma hora, cheguei à esquina das ruas Falckstraat e Reguliergracht e encontrei uma pequena imobiliária. Entrei e expliquei que gostaria de alugar um quarto na área central, de preferência nas proximidades do Parque Vondel, com cozinha e banheiro privativo, pelo período aproximado de seis meses e cujo aluguel não fosse muito caro.

A atendente jovem de pele escura folheou algumas pastas e deu dois telefonemas. Havia, sim, algo que correspondia às minhas exigências, ela me explicou, e, se eu tivesse disponibilidade para voltar dentro de dois dias, ela poderia pesquisar melhor.

Agradeci e prometi retornar na sexta, o mais tardar.

Só voltei à Translators House tarde da noite. Achei que seria bom estar relaxado antes que o trabalho começasse para valer, portanto me dei ao luxo de jantar bem no restaurante Planner's e dei uma volta pelos bares ao redor do Mercado Nieuwe. Na realidade passei a maior parte do tempo pensando em como encontrar Ewa, mas ainda não tinha um plano. Pelo menos nada de que eu me lembrasse mais tarde, e, quando caí na cama, já por volta da meia-noite, constatei que ainda não havia levantado o véu de nenhuma das duas transações sinistras que tinham me levado até A.

Mas eu me encontrava ali, o sinal de partida havia sido dado e estava na hora de começar. Eu me recordo também de que gostava de imaginar a incerteza desse futuro, como uma tábula rasa, um campo coberto de neve onde eu ainda não havia pisado, com todas as possibilidades a serem exploradas.

Com a cabeça ocupada por esses pensamentos, acabei adormecendo.

— **S**ei que estou magoando você, mas preciso seguir meu próprio caminho.

Foram essas as palavras dela, que poderiam ter sido tiradas de um melodrama moderno qualquer, e eu afastei uma mecha de cabelo do seu rosto. Era a primeira vez, mas não era a primeira vez. Estávamos deitados de lado, encarando um ao outro em nossa confortável cama de casal, e eu me lembro de ter percebido aquele olhar duvidoso, um tipo de olhar vazio que descobrimos ao nos aproximar repentinamente. Aquela expressão desaparece como num passe de mágica à distância de dez ou quinze centímetros. Dentro desse limite não há nada, nenhum caminho, nenhuma promessa, nem a hostilidade dormente no olhar de um gato.

Quando ficamos muito íntimos de uma pessoa, pode restar uma sensação amarga depois do romance. É uma experiência um tanto sofrida, e nem sempre é fácil voltar a nossa condição anterior. Talvez se aprenda com o passar dos anos; creio que você sabe do que estou falando.

No nosso caso, percebi que ela não conseguiria ficar sozinha por muito tempo, mas a ideia de deixá-la partir não era nada tentadora, tenho que confessar.

Foi em um dia de agosto, em uma manhã quente e promissora como um pêssego amadurecido pelo sol. Tínhamos três semanas de férias pela frente, e ela, nesse instante, confessou que tinha um amante. Controlei o impulso de rir, lembro como se fosse ontem, e acho que ela não percebeu. Ela fizera terapia por todo o verão, fazia menos de seis meses que havia saído da instituição e ainda era cedo para começar a planejar o futuro.

Cedo demais.

— Você quer que eu prepare o café da manhã? — perguntei.

Ela hesitou.

— Sim, obrigada — respondeu então, e nós nos olhamos com afinidade.

— Viajamos amanhã?

Ela não respondeu, não demonstrou nada. Eu me levantei e fui para a cozinha preparar a bandeja com o chá.

Na primeira noite em A., sonhei com Ewa, um sonho bastante erótico na verdade, porque acordei com uma ereção intensa, que logo passou e foi substituída por dor de cabeça e náusea. Enquanto eu me sentava no vaso sanitário, segurando a cabeça, tentava calcular a quantidade de bebida alcoólica que consumira na noite anterior, mas havia muito ainda a esclarecer. Tomei um banho demorado no chuveiro miserável da Translators House e saí para enfrentar o frio na hora do almoço. Com a pasta apertada debaixo do braço, consegui tomar um bonde que me levaria provavelmente para o lado da cidade aonde eu pretendia ir. Tive sorte e desci do bonde perto da Ceintuurbaan. Entrei em um bar e pedi uns sanduíches e uma xícara de café preto para acordar. Percorri a pé o último quarteirão até a biblioteca; um vento arrasador soprava entre as ruas e sobre os canais, e percebi que, se quisesse me manter saudável naquela metrópole gelada, deveria comprar um cachecol imediatamente.

Atrás do balcão havia uma mulher muito magra, na faixa dos sessenta anos, e fiquei aguardando enquanto ela atendia um senhor de pele escura trajando um casaco de ulster e um turbante. Depois que ela carimbou os livros dele, dei um passo à frente e me apresentei. Expliquei que estava fazendo um trabalho de tradução e precisaria de um lugar sossegado por algumas horas todos os dias.

Ela me abriu um sorriso prestativo, meio tímido, e se deu o trabalho de sair de trás do balcão para me acompanhar até as mesas de trabalho, dispostas de quatro em quatro em seis fileiras na sala de consulta da biblioteca. Então perguntou se eu queria reservar uma mesa fixa; sempre havia muitos lugares, garantiu, mas, se eu quisesse deixar ali os livros que usaria ou simplesmente meus papéis, seria uma boa solução para mostrar que a mesa já estava ocupada.

Agradeci e escolhi um lugar na frente, do lado esquerdo, a poucos metros das imensas janelas emolduradas em chumbo, que davam para a Moerkerstraat e para uma das entradas do Parque Vondel. No momento havia apenas mais duas pessoas no local, além de mim e da bibliotecária, e presumi que era assim que costumava ser. Ela me desejou boa sorte e voltou ao balcão de empréstimo de livros. Eu me sentei e acomodei o envelope amarelo sobre a mesa, do lado esquerdo. Do direito, coloquei o caderno espiral e as quatro canetas que tinha acabado de comprar. Retirei os elásticos que prendiam o envelope amarelo e me preparei para trabalhar no último livro de Germund Rein.

Quando saí da biblioteca, já havia escurecido. Apesar de ter trabalhado por muitas horas, eu ainda não havia traduzido mais de três páginas do manuscrito. Era uma obra pesada, de texto intrincado, e não se parecia em nada com o que Rein havia escrito antes, pude logo concluir. Se eu não soubesse que ele estava por trás do texto, nunca conseguiria descobrir quem era o autor daquele manuscrito. Ainda era cedo demais para fazer uma boa distinção entre ambientes ou acontecimentos. A única coisa certa era que havia um personagem conhecido como R — as primeiras páginas eram dedicadas a ele — que travava uma espécie de monólogo interior; havia também uma mulher, M, e outro homem, G, que pareciam desempenhar um certo papel. Eu desconfiava de que aquilo provavelmente acabaria em um triângulo amoroso, pois havia evidências de que isso pudesse acontecer. Ao mesmo tempo, o texto poderia tomar outro rumo; a coisa toda não tinha ficado clara ainda quando encerrei o expediente naquele dia.

Levei uma hora só para traduzir o primeiro parágrafo, e, quando mais tarde fiz a leitura dele enquanto aguardava meu jantar no Knijp, cheguei à conclusão de que havia deixado escapar o ponto principal. Ou melhor, tinha errado o tom, que é naturalmente o acorde fundamental da tradução; a escolha das palavras e expressões idiomáticas é de natureza mais livre, era o que eu aprendera com os anos de experiência.

"A totalidade", assim começava, "do tempo de R no mundo não se desenvolve, ainda existe, mas vai desaparecendo lentamente, como um grito desesperado em busca do equilíbrio e das rosas, sempre as rosas, úmidas, frágeis como o orvalho, e uma ardente e arquejante M. Por onde andará M por estes dias? Seu perfil sempre se prolonga por um momento quando ela inclina a cabeça e vai embora; que mulher mais desconcertante. Também se prolonga em R, que vai sendo construído aos poucos, camada por camada, e esses momentos são paralelos e presentes. Ele bateu nela, certamente levantou a mão, mas, da mesma forma que a árvore sobrevive à chuva e à tempestade, ela também pertence a ele, a dor, a raiva e o fogo purificam, curam e os unem, e havia sido o próprio R quem os apresentara, M e G, anos antes, e, assim como a água vai trabalhando a pedra lentamente, é o que está para acontecer. Quando R acorda de manhã, está confuso. Já há algum tempo tudo parece mudado."

A comida chegou à mesa e eu fechei o caderno espiral. Enquanto comia, também senti um vazio dentro de mim, aquele que sempre aparecia depois de horas concentrado em um trabalho. Como se o mundo e o ambiente não mais me atingissem; as pessoas, os ruídos e os movimentos tranquilos naquele local cheio de gente podiam muito bem estar acontecendo em outra dimensão, em outro tempo. Eu me sentia como se estivesse em um aquário à prova de som, observando um mundo incompreensível.

Dois ou três drinques costumavam ajudar, como agora. Quando saí para a rua, me sentia uma pessoa normal outra vez e me perguntei se seria uma boa ideia entrar em um cinema antes de voltar para a Translators House. Não tinha a mínima vontade de passar muitas horas lá, além de quando estivesse dormindo naquele quarto deprimente; decidi então voltar a falar com a moça da imobiliária já na manhã seguinte para ver o que ela me sugeria.

Não encontrei nenhum filme interessante, pois já era tarde, então resolvi passar algumas horas em um café com música da América do Sul, enquanto analisava o que faria com o problema chamado Ewa.

Ficar perambulando pela cidade e esperando dar de cara com ela parecia um tanto tolo, mas o que realmente poderia ser feito não estava claro, e eu sabia que seria difícil descobrir alguma coisa sozinho. Eu tinha pleno conhecimento de que havia apenas uma situação naquela cidade que a faria aparecer, mais cedo ou mais tarde.

Concertos. Música clássica. Que eu soubesse, só existiam duas salas de concerto em A. onde tocavam música clássica, o Concertgebouw e o Nieuwe Halle. Eu nunca tinha ido a nenhuma delas, mas, enquanto bebia minha cerveja e ouvia o som das flautas dos Andes, decidi que estava mais do que na hora de me inteirar sobre a programação de ambas.

Nenhuma outra ideia surgiu em minha mente naquela noite. Provavelmente o texto de Rein havia sugado toda a minha energia, e talvez eu houvesse bebido além da conta também. Saí do bar por volta da meia-noite, e ainda não me sentia tão embriagado que não conseguisse voltar a pé para a Translators House. O finlandês, um homem de porte avantajado que me fazia pensar em um deus poderoso do período antes de Cristo, com sua barba selvagem e voz de trombeta, estava na cozinha com o irlandês. Os dois se divertiam cantando e contando histórias escabrosas um para o outro, e, através do chão, eu ouvia as gargalhadas e os palavrões ditos por eles durante grande parte da noite.

Ventania vinda do mar. Temperatura em torno de zero. Neve ou chuva congelante se alternando. O mês de janeiro continuava exatamente como tinha começado. No sábado, na minha primeira semana em A., consegui trocar de residência. Por intermédio da imobiliária, encontrei um pequeno apartamento de dois quartos na Ferdinand Bolstraat, a dez minutos de caminhada da biblioteca. O dono era um fotógrafo que acabara de ser enviado por seis meses para a América do Sul pela *National Geographic*, e em nosso contrato estava incluído que eu cuidaria das plantas e do gato.

O gato, que na verdade era uma gata castrada e indolente, se chamava Beatrice. Fora passar meia hora por dia na varanda que dava para o jardim interno do prédio, observando passivamente os pombos sem demonstrar o menor interesse, e dar alguns passos até sua tigela de comida e caixa de areia, na cozinha, sua ocupação favorita era dormir diante da lareira a gás.

O quarto menor do apartamento havia sido transformado em câmara escura para revelação e eu nunca o utilizei, pois, com tanto frio, passava mais tempo na cama ou na poltrona em frente à mesma fonte de calor de Beatrice. No apartamento não havia nenhum outro tipo de aquecimento, mas quero salientar que estava completamente satisfeito com a maneira como tudo havia se arranjado, principalmente a localização. Era só sair de casa para encontrar diversas lojas, um supermercado da rede Albert Heijn, alguns bares e até mesmo uma lavanderia. Logo cheguei à conclusão de que nada poderia ser melhor que aquele ponto da cidade. O tráfego e o burburinho lá fora eram intensos e tinham altos e baixos durante o dia. Se eu me agasalhasse bem, podia ficar na janela vendo a dinâmica, do meu posto de observação no segundo andar. Inegavelmente isso me dava a ilusão de controle: ficar lá, isolado e sem contato, mas ainda com certo convívio com as mudanças no tempo e no espaço.

Quanto ao valor do aluguel, havíamos feito alguns acordos que incluíam o cuidado com as plantas e com Beatrice, e, quando conversei com Kerr por telefone, soube que a editora não tinha nenhuma objeção a minha despesa extra, pequena em comparação com a Translators House.

Com a mudança, meus dias ganharam um ar mais regrado. Eu dormia até tarde, normalmente até onze ou meio-dia, tomava banho, me vestia, saía para comprar jornal e pão fresco. Tomava café da manhã calmamente na poltrona, com Beatrice deitada sobre meus pés, enquanto lia as notícias mundiais e a tradução do dia anterior. Fazia eventuais correções e lá pelas quinze para as duas saía do apartamento. Primeiro caminhava por algumas ruelas protegidas do vento e acabava saindo na Ruysdalegracht, onde ventava bastante, andava ao longo da Kuyperlaan e da Van Baerlestraat até chegar à biblioteca recém-aberta.

Normalmente o turno era da sra. Moewenroedhe, a bibliotecária que havia me atendido no primeiro dia, mas às vezes eu encontrava duas outras funcionárias, mais jovens. Uma delas era uma morena atraente, de beleza acanhada, e a outra, levemente ruiva e um pouco acima do peso. Nenhuma delas falava comigo; apenas me cumprimentavam com o olhar em uma espécie de compreensão muda. Nem mesmo com a sra. Moewenroedhe troquei mais que algumas palavras, mas, a partir do meu terceiro dia na biblioteca, passaram a me oferecer uma xícara de chá e alguns biscoitos às quatro e meia da tarde, que devia ser o horário em que elas faziam o intervalo.

Nessas primeiras semanas eu ainda tinha certo controle sobre as horas do dia, é o que percebo agora, o que era também necessário. Depois de ter examinado as programações das duas salas de concerto, eu havia elaborado um esquema no qual frequentaria entre quatro e cinco eventos por semana, o que significava que precisaria interromper o trabalho na biblioteca para ter tempo de jantar antes de algum dos concertos começar, fosse no Concertgebouw ou no Nieuwe Halle.

Aos poucos fui percebendo que meu orçamento não me permitiria frequentar tantos concertos caros por semana, então passei a ficar no hall de entrada das salas para observar quem chegava. Algumas vezes permanecia do lado de fora, mas, fosse qual fosse o método escolhido, não consegui vislumbrar Ewa sequer uma vez, então passei a desconfiar de que precisava encontrar outra solução para o caso.

Algumas noites eu passava nos cafés da cidade, principalmente nos dois que ficavam em meu caminho para casa — Mart's e Dusart. Eu me acomodava em um canto e conversava com os outros clientes de vez em quando, principalmente com alguns homens mais velhos, que tinham muita experiência de vida e já haviam perdido as ilusões, algo com que eu me identificava e me reconfortava. Eu conhecia mulheres também, mas, ainda que houvesse uma ou outra que me agradasse e com quem eu passaria a noite, nunca tomei a iniciativa para que algo do tipo acontecesse. De um jeito ou de outro, eu dificilmente dormia antes da uma da manhã.

Apesar de meus pensamentos estarem concentrados em Ewa no primeiro mês e no significado de sua presença no concerto de Beethoven ali em A. seis meses antes (eu verificara e havia sido mesmo no Concertgebouw), o trabalho com o texto de Rein vinha cada vez mais tomando conta de minha concentração.

Era difícil e pesado, as primeiras páginas não tinham sido exceção, mas apesar disso havia algo nele que passara a me atrair, algo quase oculto, como se o manuscrito contivesse uma mensagem ou um significado implícito que o autor tivesse deliberadamente tentado esconder. Eu não podia dizer exatamente o que era, mas sabia que havia alguma coisa. O texto era denso e complicado, incompreensível muitas vezes, mas a sensação de que por baixo de tudo aquilo havia algo simples, claro e fácil foi se revelando para mim ao longo do trabalho de tradução.

O manuscrito não era extenso, tinha cerca de cento e sessenta páginas apenas, e, se eu conseguisse manter o ritmo de umas quinze por semana, a tradução deveria ficar pronta lá pelo fim de março ou início de abril. Um primeiro esboço, claro. Depois levaria um tempo para aprimorar e fazer as devidas correções, mas tudo indicava que eu terminaria em junho, conforme o contrato.

O subtexto era algo que me chamava a atenção desde o início, me perturbando e confundindo. Nenhuma das obras anteriores de Rein tinha atingido esse grau de complicação, e além disso havia as misteriosas circunstâncias e restrições quanto à publicação. Alguma razão devia haver para ele ter exigido que a obra fosse publicada primeiro em uma tradução, e não no idioma original. Tanto Kerr quanto Amundsen tinham pesquisado sobre isso e não encontraram nada parecido. Alguns autores enviavam secretamente seus originais para fora de seu país de origem em regimes ditatoriais, é claro, como Solzhenitsyn e outros, mas não havia nada nesse estilo. Eu tentava ao máximo evitar pensar e especular sobre o caso, mas, quanto mais o tempo passava e eu me aprofundava no livro, mais me convencia de que era no próprio texto que as circunstâncias seriam esclarecidas. A resposta para o motivo do livro de Germund Rein precisar ser lançado em uma tradução estava no próprio livro, e não em outro lugar.

Apesar de tudo, me controlei para não avançar com a leitura. Permaneci fiel a meu método de tradução, seguindo frase por frase, parágrafo por parágrafo, página por página. A tentação se fazia presente, mas consegui superá-la sem maiores esforços.

É muito difícil descrever o texto de Rein. Sua marca registrada é o monólogo interior, que parece acontecer entre R, o personagem principal, e o próprio autor, e algumas vezes o mesmo ocorre em relação à mulher chamada M. O único outro personagem do livro, pelo menos no início, é um certo sr. G, e, em sequências densas e um tanto oníricas, Rein faz com que os três mantenham algum tipo de relacionamento. Como já mencionei, isso tudo dá a entender que um triângulo amoroso poderá se revelar mais adiante entre os dois homens e a mulher. Alguns acontecimentos ou situações se repetem aqui e ali, mas em outro tom e com outras palavras. A relação entre R e G não é das melhores, assim como o fato de R parecer estar muito próximo do narrador em primeira pessoa, que, às vezes, se torna mais evidente.

Durante o mês de janeiro, foi apenas com essa parte do texto que consegui trabalhar. Talvez eu houvesse percebido antes essa relação se não tivesse meus pensamentos e minhas forças em Ewa também, mas isso é apenas especulação. Talvez fosse realmente necessário eu me engajar nesses dois casos, como se um aliviasse o peso do outro. Em retrospecto, reconheço que deveria ter escolhido um deles para me aprofundar durante aquele tempo. Ou me entranhar no texto de Germund Rein, ou sair em uma busca minuciosa por minha mulher desaparecida. Eu nunca misturei, mantinha as duas tarefas separadas uma da outra, como água e azeite, e acho que esse era o método correto.

Nos últimos dias de janeiro, eu já estava mais que cansado de vigiar as salas de concerto e decidi que seguiria por outros caminhos. No catálogo telefônico, sob o título de "detetives particulares", encontrei nada menos que dezesseis nomes e agências diferentes. Em uma noite, depois do trabalho na biblioteca, marquei um encontro com um certo Edgar L. Maertens, cujo escritório ficava na Prohaskaplein.

— O senhor pode descrever o seu problema? — ele me perguntou, após fazer uma introdução esclarecedora. Nós nos acomodamos, cada qual munido de cigarro e cerveja. Ele era mais velho do que eu pensara, por volta dos sessenta anos, tinha o cabelo grisalho e curto e olhos calmos e azuis, que transmitiam certa confiança.

— O senhor trabalha há muito tempo no ramo? — perguntei.

Ele deu um breve sorriso.

— Trinta anos.

— Tanto tempo assim?

— É um recorde mundial. O senhor pode confiar plenamente em mim. E então?

Peguei as fotografias no bolso interno do casaco e as espalhei sobre a mesa. Ele olhou rapidamente para elas.

— Uma mulher.

Não era uma pergunta, e sim uma constatação. Ele deu uma tragada no cigarro e olhou para mim. Escolhi permanecer em silêncio.

— Primeiro preciso perguntar se o senhor realmente deseja fazer isso.

O tom de resignação em sua voz era amargo e inequívoco. Fiz um sinal afirmativo com a cabeça.

— Espionagem ou desaparecimento?
— Desaparecimento — respondi.
— Ótimo — ele disse. — Prefiro desaparecimentos.
— Por quê?
Ele não respondeu.
— Quando ela desapareceu?
— Há três anos. Um pouco mais.
Ele anotou.
— Nome?
Forneci o nome e mencionei que ela certamente não o estaria mais usando.
— O senhor já checou isso?
— Sim. Não há ninguém com esse nome em A.
— E o senhor tem motivos para crer que ela se encontra aqui?
Fiz que sim com a cabeça.
— O senhor poderia me contar a sua história resumidamente?
Eu o fiz. Excluí algumas partes decisivas, mas consegui fazer um resumo daquilo que era fundamental. Quando terminei de falar, ele ficou em silêncio e se inclinou sobre a mesa, examinando as fotografias de Ewa com mais atenção.
— Tudo bem — disse. — Eu assumo o caso.
Eu não havia considerado a possibilidade de ele não aceitar meu caso, mas percebia agora que aquilo realmente não era o trabalho dos sonhos, o que eu havia lhe pedido que fizesse.
— Não posso prometer nenhum resultado — ele me explicou. — Sugiro combinarmos o prazo de um mês. Se não a encontrarmos nesse período, vou ser obrigado a dar o caso por encerrado, infelizmente. Creio que o senhor queira discrição.
— Completa discrição — eu disse.
Ele assentiu.

— Quanto aos meus honorários — ele já estava concluindo a conversa —, cobro somente metade se falhar na missão.

Ele escreveu dois valores em um bloco de papel à sua frente e o virou para mim, para que eu pudesse ler. Percebi que não continuaria interessado em seus serviços depois que o prazo de um mês vencesse.

— O que o senhor pensa sobre as chances de encontrá-la?

Ele deu de ombros.

— Se ela estiver mesmo na cidade, certamente vamos encontrá-la. Eu tenho colaboradores.

— Os irregulares de Baker Street?

— Mais ou menos isso. Ela tem algum motivo para se esconder? Além da história que o senhor me contou.

Pensei por um instante.

— Não...

— O senhor está em dúvida.

— Nenhum motivo que eu saiba, pelo menos.

— E o senhor não a vê há três anos?

— Quase três anos e meio.

Ele apagou o cigarro e se levantou.

— O senhor tem certeza de que deseja encontrá-la?

A insistência dele naquele ponto estava começando a me irritar.

— Por que a pergunta?

— Porque a maioria dos homens já superou uma mulher depois de três anos e meio. Mas não o senhor, não é?

Eu me levantei também.

— Não, eu não.

Ele sacudiu os ombros novamente.

— O senhor pode fazer o pagamento de uma parte agora. Suponho que vá me procurar de vez em quando para ver como o caso está evoluindo.

Fiz um sinal afirmativo com a cabeça.

— Sugiro que me procure às segundas ou quintas. Se alguma coisa urgente acontecer, faremos contato, é claro.

Trocamos um aperto de mãos e eu fui embora. Quando cheguei à rua, havia começado a chover novamente, e decidi entrar no primeiro bar que surgisse no caminho.

O bar se chamava Nemesis, e, enquanto eu estava lá tomando minha cerveja escura, fiquei pensando se deveria interpretar o nome do local como um bom ou um mau sinal. De qualquer forma, eu podia me alegrar um pouco com a sensação de que alguma coisa estava começando a acontecer, em comparação com o marasmo das semanas anteriores. Eu sabia que de agora em diante podia ter esperança, mesmo que vaga.

A chuva continuava a cair lá fora, e eu permaneci no Nemesis por mais algumas horas, pois não queria me molhar. Não faço a mínima ideia de que horas eram quando fui me deitar, mas quando acordei, depois de muito esforço, já estávamos em fevereiro e havia uma ruiva ao meu lado na cama.

Nunca descobri como ela se chamava, e ela tampouco pareceu disposta a se apresentar. Sem fazer alarde, tomou um banho e foi embora. O que me deixou de recordação foram uns fios de cabelo sobre o travesseiro e um suave aroma de Chanel nº 5.

Continuei na cama até o sol se pôr. Então me levantei e me aprontei para ir à biblioteca, mas lá fora, perto de Ruysdalekade, o vento estava tão forte que acabei voltando para casa. Fiz um café temperado com canela e me sentei na poltrona, acompanhado de Beatrice. Liguei a lareira no máximo e fiquei ouvindo os concertos de Bach em Brandemburgo que encontrei no toca-fitas do fotógrafo.

Ouvia Bach e pensava em Ewa.

Foi em 15 de agosto que viajamos. Foi tudo exatamente como tínhamos planejado; em poucos dias chegamos à Alemanha, e eu sentia que realmente a amava. Já estávamos casados havia oito anos na época, mas eu nunca tinha vivenciado esse sentimento com tanta intensidade. Algo havia amadurecido em nossa relação, e eu sabia que duas pessoas não poderiam estar mais felizes que nós naquela viagem. É difícil explicar de onde eu tirava essa certeza; eu estava descobrindo particularidades em minha mulher que nunca havia percebido, mas, se essa mudança pertencia a ela ou a mim, era algo que eu ainda não descobrira. Nem naquela época e muito menos depois.

Com essa alteração, era um grande sofrimento para mim ouvi-la falar que tinha um amante e que nós dois teríamos de nos separar. Tentei muitas vezes e de várias maneiras fazê-la parar de falar no assunto, até que um dia finalmente perguntei quem era o tal amante.

— Mauritz — ela disse, sem rodeios.

Estávamos na área de repouso ao longo da Autobahn, comendo sanduíches de ovos e tomando café, o tempo estava lindo. Vacas preto e brancas pastavam no campo, que terminava em um lago. Era uma área de repouso de beleza incomum.

— Mauritz Winckler?

— Sim.

— Você perdeu a cabeça — eu disse. — Toda mulher se apaixona pelo terapeuta. Você tem que esquecer essa bobagem.

Ela me olhou, séria.

— Sei que estou magoando você — continuou —, mas a honestidade foi o que me restou. Ele vai vir me ver assim que nós descermos a montanha. Foi o que combinamos.

Então eu lhe dei uma bofetada e não tocamos mais no assunto durante alguns dias.

Foi na primeira semana de fevereiro que comecei a decifrar a mensagem oculta no texto de Rein, ou pelo menos um dos aspectos dela. Uma noite, perto da hora de fecharem a biblioteca, fiquei por um momento em minha mesa analisando o que havia traduzido durante o dia. As últimas frases diziam o seguinte:

"A total obsessão de R pelo momento, aquela instância em que tudo termina em tentativas frustradas e fracassadas, em que nada deu certo, essa era a impressão de M havia muito tempo. Levar uma vida paralela ao outro sempre esteve fora de cogitação para ela; nada disso havia sido questionado. Na praia ela está apenas lá, somente e solitariamente lá. Uma presença pesada *nas* estabilidades mortas do mar, as sombras e a certeza sem questionamento das gritantes gaivotas. Ah, sua irrelevância como mulher! Peixe frio, peixes frios, algas, algas apodrecendo, um vento que não combate, não fala, não convida, nada tem a dizer depois de uma longa, longa viagem. Assim é M."

A palavra *nas* me chamou a atenção. Fiquei olhando fixamente para ela. Li o pequeno parágrafo mais algumas vezes e não sabia como explicar, de maneira alguma, a razão de aquela preposição insignificante ter sido escrita em itálico, então me lembrei de algumas outras palavras em itálico que haviam me parecido injustificadas.

Dei uma olhada nas páginas anteriores. Encontrei apenas mais duas ocorrências. Na página 4 havia a palavra *como*, e na 16, *o poeta*.

como o poeta nas

Nesse instante, a sra. Moewenroedhe entrou na sala de consulta e deu uma tossida discreta. Recolhi meus papéis e saí da biblioteca. Chegando ao apartamento na Ferdinand Bol, retirei o manuscrito da pasta e passei os olhos pelas páginas seguintes. Depois de uns dez minutos eu havia chegado ao fim. Em toda a obra encontrei mais dois trechos em itálico:

cinzas, na página 63

da Terra, na página 158

como o poeta nas cinzas da Terra

Levei alguns segundos para compreender o contexto, mas agora estava bem claro para mim. "Cinzas da Terra" era o nome de um dos contos na antologia chamada *A cúpula de sonhos*. Era uma história curta e tragicômica sobre um escritor que, no auge de sua carreira, começa a ter pensamentos compulsivos e crê que a mulher quer matá-lo. Afastei os papéis e, logo em seguida, dois sentimentos contraditórios se apossaram de mim.

O primeiro deles foi a raiva, ou a irritação beirando a raiva, motivada por uma coisa bem idiota. Por que inserir algo dessa natureza em um texto pesado, complicado e quase impossível de interpretar? Algo tão vulgar! Minha antipatia por Rein se renovou, e sei que durante alguns segundos me passou pela cabeça devolver o manuscrito para Kerr e Amundsen e pedir que o incinerassem. Ou que encontrassem outra pessoa, um tradutor menos minucioso que eu.

O outro sentimento é difícil de descrever, algo relacionado ao temor, talvez, e percebi imediatamente que a raiva e o incômodo haviam surgido como uma espécie de defesa contra essa sensação de medo tão ameaçadora, algo que surge automaticamente.

Como o poeta nas "Cinzas da Terra"?

Esse conto ele deve ter escrito há uns dez anos, e eu o traduzi há cinco. Por que raio essa frase aparecia ali agora? Tentei recordar como a história terminava, mas não consegui.

Fui até a janela, apaguei a luz e passei a observar a vida real lá fora. No momento consistia em um céu cor de chumbo, a fachada escura de um prédio com uma fileira de lojas com luzes acesas no térreo: Muskens Slaapcentruum, Hava Nagila Shawarma Grillroom, Albert Heijn. Algumas pessoas andando de bicicleta. Carros estacionados. O ruído do bonde que passava. Carros que se aproximavam e desapareciam, postes de luz sacudidos pela ventania.

Objetos que permaneciam no lugar e outros que não. Lembro do que estava pensando e sei que não havia palavras para descrever esses pensamentos, nem no momento, nem agora.

Acho que nunca na vida meu desprezo pela linguagem havia sido tão intenso como naquela noite em que as palavras de Rein escritas em itálico martelavam em minha mente. Em seguida voltei para a poltrona, levantei Beatrice, acomodei-a no meu colo e ficamos ali sentados na escuridão por um bom tempo.

Resolvi sair e me embebedei conscientemente em alguns dos bares mais próximos. Minha preocupação era latente como um arrepio por baixo da pele, uma coceira inevitável, e foi só muito mais tarde, depois de ter vomitado no vaso sanitário, que me senti um pouco aliviado.

No dia seguinte o sol estava brilhando. Em vez de ir à biblioteca, continuei andando até o Parque Vondel, onde dei um passeio enquanto ainda estava claro. Tomei algumas decisões a respeito do futuro próximo e naquela noite telefonei para Kerr.

— Como está indo? — ele perguntou, entusiasmado, mas com certa preocupação na voz.

— Melhor impossível — respondi. — Só preciso de algumas informações.

— O que seria?

— Como se chama a esposa de Rein?

— Mariam. Mariam Kadhar. Por quê?

Não respondi.

— Você poderia me enviar um relatório sobre a morte dele?

— De quem? De Rein?

— É claro. Eu preciso ter um resumo comigo. Não quero ficar fazendo perguntas aqui e chamar atenção.

— Entendo.

Percebi pelo seu tom de voz que ele não entendia.

— E se você analisasse minuciosamente os jornais?

— Isso tem alguma relação com o manuscrito?

— Não é improvável.

— Quem diria!

— O mais rápido possível, pode ser?

— Está bem.

Encerramos a conversa, saí da cabine telefônica e percebi que, mesmo contra minha vontade, eu havia despertado o entusiasmo de Kerr e Amundsen pelo projeto Rein. Eu sabia que eles estavam esfregando as mãos aguardando os lucros, e por que não o fariam? A editora publicaria um livro póstumo do grande místico moderno, e além disso era uma obra que despertaria um debate em torno de sua morte. O que mais se poderia querer? Se não conseguissem vender algo tão atraente assim, era melhor mudarem de ramo.

Eu mesmo tinha vontade de me distrair com outras coisas e não voltar mais à biblioteca, mas sabia que precisava levar aquela tradução adiante. Era um trabalho que me atraía e me repelia ao mesmo tempo, talvez por causa de minha relutante curiosidade quanto às circunstâncias da morte de Rein. Eu me dei conta de que devia ter perguntado se havia algum G na vida de Rein enquanto falava com Kerr por telefone, mas decidi que faria isso em outra ocasião. Afinal de contas, minhas suspeitas nada mais eram nessa ocasião que suposições vagas e sem fundamento. Aos poucos tudo ia se esclarecendo, mas, por ora e também nos dias seguintes, enquanto eu ainda lutava para decifrar as complicadas formulações no manuscrito, me preparei para assumir que tudo não passava de fantasia da minha cabeça. Uma instância de situações inusitadas reunidas com interpretação exagerada, nada mais que isso.

Meus contatos com o detetive particular Maertens aconteciam na frequência que havíamos combinado. Às segundas e quintas eu passava pelo seu escritório na Prohaskaplein depois do expediente na biblioteca, e a cada vez ele sacudia os ombros se desculpando por não ter descoberto nada.

Após uma série de visitas, comecei a perder visivelmente a esperança. Maertens não parecia nem um pouco constrangido por não ter alcançado nenhum resultado e já ter me custado uma pequena fortuna. Finalmente perguntei, sem rodeios, se ele achava que teria algum sucesso naquela missão, e ele respondeu que era impossível fazer um prognóstico.

Quando saí da agência de detetives naquela noite — devia ser meio de fevereiro —, senti um grande desânimo. Já tinha chegado à página 90 do manuscrito de Rein, ou seja, mais de metade do livro, mas nos últimos dias o processo estava muito lento. A linguagem em algumas passagens era praticamente impossível de decifrar, e, ainda que eu logo encontrasse as expressões e termos corretos, achava que o texto não fazia o menor sentido. Nenhuma das frases que eu traduzia me dava a certeza de ter decifrado a intenção do autor; o texto era apenas um monólogo descontrolado e sem esperança, tendo R como personagem principal, meio onírico aqui e ali, mas construído com palavras e um discurso extenso no lugar de imagens. Minhas desconfianças sobre a mensagem oculta pareciam cada vez mais infrutíferas, e a única coisa que eu via à frente eram mais setenta páginas daquele sofrimento. Comecei a me perguntar a que tipo de leitor aquela prosa subjetiva maciça iria interessar, e se Kerr e Amundsen haviam antecipado o sucesso da obra e esfregado as mãos, pensando nos lucros, cedo demais.

Havia ainda a frase sobre o poeta para ser remoída, mas o fato de essas sete palavras constituírem a essência do texto era para mim algo um tanto incongruente.

Quando entrei no Nemesis naquela noite — sim, tenho quase certeza de que era 15 de fevereiro —, o que eu mais sentia vontade de fazer era mandar Rein para o inferno. Pensando bem, era exatamente o que ele mesmo tinha feito.

Tomei duas cervejas em pé e segui imediatamente para casa. Encontrei minha correspondência na escada; havia recebido um envelope grosso, e, quando fui ver quem era o remetente, entendi que Kerr finalmente tinha me enviado o relatório sobre a morte de Rein que eu pedira. (Só muito mais tarde fiquei sabendo do acidente com sua filha, um motivo justo para ele ter demorado tanto a me mandar o que havíamos combinado.)

Um pouco depois me sentei na poltrona com uma xícara de chá e Beatrice me aquecendo os pés, e foi então que comecei a ler o relatório de Kerr. O documento tinha seis páginas, e percebi que ele tinha se esforçado para escrevê-lo; quando terminei de ler, resolvi voltar ao início.

Não eram informações novas para mim, mas, agora que eu tomava conhecimento das circunstâncias como um todo e dessa maneira assim resumida, comecei a desconfiar de que não estava tão perdido em minha tradução, só não sabia dizer exatamente quais eram os pontos que haviam ficado mais claros com o relatório. Decidi que no dia seguinte examinaria cuidadosamente tudo o que havia escrito, para ter certeza de que estava no caminho certo.

A primeira impressão era de que não havia muito mistério sobre a morte de Rein. Na sexta-feira, 19 de novembro, o autor, sua mulher e seu editor haviam ido para a residência do casal, localizada em Behrensee. Depois de uma noite de bebedeira, a mulher de Rein se levantou por volta do meio-dia e encontrou a carta de despedida ainda na máquina de escrever. Era uma mensagem curta e não muito clara (as palavras exatas contidas na carta nunca foram divulgadas pela mídia), mas, quando o barco de Rein foi encontrado, na noite seguinte, abandonado e jogado contra as rochas dezenas de quilômetros ao norte da costa, não foi difícil entender o que havia acontecido. A polícia foi acionada, mas demorou para aparecer. Uma semana se passou até que Mariam Kadhar aceitasse que seu famoso marido tinha realmente saído de barco naquela noite, ou muito cedo naquela manhã, e se suicidado nos braços do mar. A única passagem da carta que havia sido divulgada era: "Levo nossa antiga estátua de bronze comigo, assim evito subir à tona e assustar a todos…"

A antiga figura feminina de bronze, uma peça de quinze quilos, estava realmente desaparecida, e imaginava-se que Rein a havia prendido em seu corpo de alguma maneira antes de se atirar ao mar.

Foi pela localização do barco, direção do vento e correntezas, além do peso de Rein e da estátua de bronze, que se tentou calcular onde os restos mortais do escritor encontraram o repouso eterno. A margem de erro era grande, e a probabilidade de encontrá-lo no mar era tão boa quanto a de localizar a cidade perdida de Atlântida. Consequentemente, as tentativas foram poucas, o suficiente para se mostrar certa dose de boa vontade.

Quanto às causas do suicídio de Rein, apareceram diversas teorias e suposições, mas nada que fugisse à regra nessas situações.

Por que ele teria se suicidado? Será que não poderia ter sido previsto? Ele não havia demonstrado nenhum sinal? E assim por diante.

O que realmente sabemos sobre os pensamentos mais profundos das pessoas que nos cercam e sobre suas motivações? Assim resumiu alguém que assinava como Bejman no *Allgemejne*. Nada mais.

Isso era tudo o que havia no relatório de Kerr. Ele também tinha perguntas; queria saber o que eu faria com o relatório. Nem eu mesmo sabia, tampouco tinha vontade de agradá-lo enviando-lhe um relatório escrito. Guardei tudo novamente no envelope, me levantei e fiquei parado junto à janela, mais uma vez observando a movimentação na Ferdinand Bol. Uma sensação de vazio e futilidade pesou sobre mim por um instante; lembro que acendi um cigarro e fiquei pensando se realmente era possível se matar se jogando de cabeça na calçada lá embaixo. Eu achava que não, talvez apenas conseguisse adquirir algum tipo de invalidez deprimente e permanente, o que não era nada desejável.

Assim que esses sentimentos se dispersaram, fui atingido por uma vontade de entrar em ação e decidi que tentaria contatar Mariam Kadhar. Se ajudaria de alguma forma eu ainda não tinha como saber, mas é justamente quando tomamos certas decisões, cujas consequências não podemos prever, que sentimos uma força maior pulsando em nossas artérias esclerosadas.

Sei que estou citando alguém, mas não lembro quem.

Quando chegamos a Graues, nosso vilarejo na montanha, era de manhã bem cedo e havíamos dirigido a noite toda. Para deixar mais claro, eu havia dirigido a noite toda, enquanto Ewa dormia no banco traseiro debaixo do nosso cobertor xadrez azul de Biarritz. Assim tinha sido nas últimas horas, enquanto eu ouvia Poulenc e Satie no rádio do carro e via a escuridão se dissipar acima dos vales.

Era uma manhã linda, sem sombra de dúvida. As casas, as ruelas estreitas, a montanha e o mundo todo se mostravam puros e inocentes. Estacionei em um terreno irregular na praça do vilarejo. Desci do carro e lavei o cansaço do rosto com a água borbulhante do chafariz. O sol tinha acabado de nascer, vindo do leste e deixando as faixadas adormecidas com uma cor mais suave. Fiquei ali observando tudo, enquanto escorria água do meu cabelo, e pensando que, assim tão cedo, podemos nos sentir em casa em qualquer lugar do mundo. Em seguida acordei Ewa, e me recordo de minha decepção por ela não conseguir se livrar do cansaço imediatamente e apreciar aquele instante de eternidade com a mesma intensidade que eu.

Procuramos pelo nosso hotel, que ficava um pouco longe da área central do vilarejo, suspenso no alto de uma montanha íngreme com uma vista de tirar o fôlego para o outro lado do vale. Fizemos o check-in, Ewa dormiu novamente, e em seguida foi a minha vez.

Era um lugar turístico, porém mais movimentado no inverno, e quando fizemos o primeiro passeio de reconhecimento, no início da tarde, descobrimos felizmente que havia poucos alemães e americanos falantes. Jantamos em um dos três Gasthof; quando terminamos, Ewa disse que sentia muito por não podermos mais continuar juntos. Perguntei, meio sarcástico, quando seu amante iria aparecer, e ela esclareceu que ele já estava por ali, em um pequeno vilarejo no vale, e que telefonaria para ele naquela noite.

Pagamos a conta e voltamos ao hotel. Tomamos uma garrafa de vinho juntos em nossa varanda, e ela me deixou lá por alguns minutos para dar um telefonema na recepção. Voltou em seguida, e eu percebi que agora parecia irradiar uma espécie de luz, algo que às vezes via nela no início do nosso tempo juntos. Enchi a taça de vinho novamente e jurei a mim mesmo que nunca, jamais deixaria outro homem ficar com ela.

Mais tarde fizemos amor, um amor duro e brutal, como fazíamos às vezes, e depois de voltar do banheiro ela disse:

— Esta foi a última vez. Eu sei que estou magoando você, mas esta foi a última vez que fizemos amor.

De repente comecei a me sentir cansado e irritado com aquelas palavras, sobre ela estar me magoando.

— Você é minha, Ewa — eu disse. — Nem imagine outra coisa.

Ela não respondeu e nós ficamos em silêncio por muito tempo, até adormecermos. Eu talvez já soubesse que ela realmente dizia a verdade e que eu já saíra como perdedor. Sei disso agora, obviamente, mas não é de desprezar o jeito como se escolhe perder.

Depois de aproximadamente noventa e cinco páginas traduzidas, o texto de Rein começou a ficar mais claro para mim.

Foi em um dia cinzento e chuvoso, por volta de 20 de fevereiro, que traduzi o seguinte parágrafo:

"A obsessão de R por descrever cada situação e pensamento em palavras, em sua efetividade, em sua essência, não é nada fácil. É também descobrir e conquistar a realidade. A revelação, a capacidade de largar a caneta, é vencer. M e G. Conseguir descrever até a última letra, expondo o que está acontecendo, é reduzi-los a nada. Assim ele acha e, em sua fantasia, anota dia e noite, com essas armas que possui ele mata, mata e mata, e ainda assim eles permanecem lá. M e G. Ficam lá, um deles, os dois, um deles, o todo, e essa maldita obsessão apenas vira a lança e as facas contra seu próprio peito. Eles e ele. Ele e eles. Ele sabe. Ela sabe. G sabe. Ele precisa deixar sua própria mente agora. Seu próprio coração. Precisa encontrar apoio no momento, precisa estar pronto, entender. O que eles pretendem fazer? Quais são seus planos? Que futuro planejam eles com essa completa falta de cuidado? De repente, em uma noite no Dagoville, seu temor ganha novo nome. Um nome infernal. Ele teme por sua vida. R teme. Apanha a caneta e começa a escrever; é agora que ele realmente leva a escrita a sério, e nessa noite e nas próximas estará envolvido por esse temor."

Eu me recostei e olhei ao redor. Em somente duas outras mesas as luzes estavam acesas; eram os frequentadores de sempre. Um senhor judeu de barba branca e quipá que sempre estava ali às quintas e sextas e parecia ocupado com algum tipo de texto cabalístico. E uma mulher na casa dos quarenta anos que vinha de vez em quando e, suspirando amargamente, estudava grossos livros de anatomia durante horas.

Lá fora a chuva continuava a cair, e as luzes amarelas do Café Vlissingen, do outro lado da rua, haviam sido acesas. De toda a grande quantidade de cafés existentes na cidade, acho que o Vlissingen acabou sendo meu favorito, nem sei por quê. Havia ali um bom equilíbrio entre uma série de futilidades, e eu tinha certeza de que, se um dia me mudasse para A., seria meu lugar de frequência habitual. Juntei meus livros e me levantei da mesa. Meus pensamentos careciam de uma cerveja e um cigarro, eu sentia isso latente. Depois lembrei que não havia comido nada o dia todo, além dos quatro biscoitos acompanhados de chá na biblioteca.

R temia?, refleti enquanto atravessava a Moerkerstraat. Eles e ele? Ele e eles?

Tive a sensação de estar caminhando sobre uma fina camada de gelo.

Mariam Kadhar fumava muito.

Ela era uma mulher magra, pequena e morena, de traços médio-orientais e uma sensualidade que pairava no ar. Parecia se esforçar para não deixar isso transparecer, mas não era algo que conseguisse controlar. Era daquele tipo de mulher que dava a impressão de ter estado nua vinte segundos antes de você encontrá-la e que estaria nua novamente vinte segundos mais tarde. Eu me apresentei.

— Foi o senhor que telefonou?
— Sim. Espero não estar incomodando, como eu já disse.
— Nós já não nos conhecemos?
— Acho que não. Eu não teria me esquecido.

Ela não demonstrou nenhuma reação, e fomos entrando na casa. No cômodo que devia abrigar a biblioteca e o escritório de Rein, ela havia arrumado uma bandeja com vinho do Porto, nozes e frutas secas sobre uma mesinha de vidro fumê. As paredes eram revestidas de estantes de cima a baixo, e, através de uma janela panorâmica, era possível enxergar o jardim bem cuidado que dava para um dos canais. Tentei me orientar e cheguei à conclusão de que devia ser o canal de Prinzengracht.

Nós nos acomodamos, e de repente desejei estar em outro lugar naquele momento. A sensação era muito intensa; lembro que fechei os olhos com força e rapidamente, tentando me ver livre daquilo, mas confesso que não me saí muito bem.

— O senhor traduziu os livros do meu marido?
— Sim.
— Quais?

Enumerei os títulos. Ela assentia levemente todas as vezes que eu mencionava uma obra, como se se recordasse particularmente de cada uma. Como se cada um daqueles livros fosse uma parte de sua vida, foi o que me veio à mente. Não era algo impensável assumir que eram mesmo.

— Vocês foram casados por muito tempo?
— Quinze anos.

Tossi levemente.

— Eu estava passando por aqui e queria apresentar minhas condolências. Eu gostava muito dele... dos seus livros. Nós estivemos juntos algumas vezes...

Conversa fiada. Ela fez um aceno com a cabeça e acendeu mais um cigarro. Serviu vinho do Porto e brindamos sem palavras.

— Ele mencionou o seu nome algumas vezes — ela disse. — Acho que gostava das suas traduções.

— É mesmo? Fico feliz... Deve estar sendo difícil para a senhora.

Ela hesitou por um momento.

— Sim — respondeu. — Posso dizer que está sendo difícil, mas acho que ainda não me acostumei... apesar de alguns meses terem se passado. Não sei se quero me acostumar, também. Temos que aprender a viver na escuridão.

— É sofrido para a senhora falar sobre ele?

— De jeito nenhum. Eu o mantenho vivo dessa maneira. Li novamente alguns dos seus livros também. É como... se eles agora tivessem um novo significado, não sei se é impressão minha... por eu ser tão próxima dele, quero dizer.

Eu sabia que não teria outra oportunidade como essa.

— Me desculpe por perguntar, mas o que ele estava fazendo antes de falecer? O que ele estava escrevendo, quero dizer?

— Por que está me perguntando isso?

Sacudi os ombros e tentei parecer inocente.

— Não sei. Eu só achei que havia algo na carreira dele que indicava isso... Então ele não escreveu mais nada?

— Escreveu, sim.

— Mesmo?

— Só não sabemos onde foi parar.

— O que a senhora quer dizer?

Ela hesitou novamente. Deu algumas tragadas rápidas no cigarro. Comecei a pensar que uma pessoa que fuma dessa maneira não pode estar muito bem dos nervos; talvez ela estivesse mais incomodada com a conversa do que eu. Foi um pensamento que me deu a leve sensação de que eu tinha certo controle, vago, apressado e passageiro.

— Ele trabalhou em um manuscrito durante todo o outono, até a época de... bem, até a época da sua morte. O manuscrito não está mais aqui. Talvez ele tenha destruído ou queimado... ou tenha levado consigo.

— Do que se tratava?

Ela deu um suspiro.

— Eu não sei. Ele estava silencioso como sempre, mas acho que estava satisfeito, porque aquilo o preenchia de certa forma. Era aparente nele.

— Ele era um grande escritor.

Ela sorriu rapidamente.

— Eu sei.

Bebi um pouco de vinho do Porto, desejando ter a oportunidade de fazer mais perguntas. Queria saber por que ele tinha se matado e por que ela se negava a aceitar.

E se ela tinha um amante chamado G.

Naturalmente, isso estava fora de cogitação. Ficamos falando dos livros dele, principalmente dos dois últimos, que eu havia traduzido durante um período intensivo de oito meses cerca de dois anos antes e que ainda guardava na memória. Nós dois lamentamos que ele houvesse levado o último livro consigo em sua morte. Passados vinte minutos, era evidente que ela estava incomodada com minha presença, e eu reconheci que estava na hora de deixá-la em paz.

Já na porta, ela me deteve por um momento.

— Ainda não entendi o motivo da sua visita. O senhor realmente não queria saber mais nada?

— Desculpe se a incomodei.

— Não, de jeito nenhum! Só fiquei com a impressão...

— Que impressão?

— ... de que o senhor tinha alguma coisa mais importante a dizer.

Tentei dar um sorriso.

— Eu peço desculpa. Sou um grande admirador do seu marido apenas.

Ela olhou para mim, era com certeza vinte e cinco centímetros mais baixa que eu, e, enquanto permanecíamos ali parados na porta da casa, muito próximos um do outro, tive uma vontade repentina de abraçá-la e sentir sua cabeça recostada em meu peito. Ela manteve o olhar em mim por mais um instante, então deu um passo para trás e nos despedimos sem nenhum contato físico.

Assim que saí para a rua, começou a nevar. Flocos de neve grandes e pesados caíam entre os prédios; lembro de tentar apanhar alguns com as mãos abertas, mas eles pareciam não querer se aproximar de mim.

Nenhum contato físico aqui tampouco.

Minha mente estava completamente preenchida por Mariam Kadhar, e estaria mesmo em outro tipo de clima, mas aqueles flocos de neve pareciam querer me dizer alguma coisa sobre ela. Muito além das palavras, onde tantas conexões se escondem.

Sim, no grande silêncio sem linguagem, sem sinais e sem brilho. Para falar como Rein.

Se bem me lembro, foi apenas dois dias depois de minha visita a Mariam Kadhar que descobri alguém me vigiando.

A primeira situação se deu em uma manhã, quando eu havia me levantado cedo, o que não era meu costume. Saí para dar uma caminhada no Waterloo Märkt e meu cérebro registrou algo sem eu mesmo perceber. Na tarde do mesmo dia, quando meu perseguidor entrou e se sentou a uma mesa nos fundos da sala de consulta, foi quando se revelou para mim que era a mesma pessoa que ficara me esperando em frente à loja de cigarros na Utrechtstraat. Era um homem alto, meio encurvado, da minha idade mais ou menos, com cabelo escuro e ralo e óculos em um tom de marrom. Dentro da biblioteca ele havia pendurado o casaco em uma cadeira e, quando percebi sua presença, ele folheava um livro que parecia ter apanhado da prateleira por acaso. Eu não podia, é óbvio, me virar para trás e encarar o homem, porém mais tarde, quando fui ao banheiro carregando minha pasta debaixo do braço, passei muito perto de sua cadeira e pude dar uma boa examinada nele, para conseguir reconhecê-lo se aparecesse mais uma vez.

Eu ainda não estava totalmente convencido de que era como eu suspeitava, de que ele realmente estaria me vigiando, mas na mesma noite pude confirmar minha desconfiança. Quando terminei de trabalhar, fui direto para o escritório de Maertens na Prohaskaplein, pois era uma quinta-feira, e, depois de percorrer uma parte do trajeto, senti que havia alguém me seguindo. Apertei o passo e mudei a rota, passando por Megse Plein e pelo Parque Verdamm, atravessei o mesmo quarteirão umas duas vezes, só que pelo lado norte do parque, e entrei em um beco, onde fiquei escondido atrás de algumas bicicletas. Depois de dez segundos ele passou por mim na rua.

Fiquei no beco aguardando por mais alguns minutos, então venci os dois quarteirões que faltavam para chegar ao escritório de Maertens. Tudo me parecia um tanto bizarro. Quem quer que houvesse colocado alguém para me seguir e vigiar meus passos, que tivesse motivo para isso, estava me dando a impressão de ser muito amador. Tive dificuldade para compreender a razão disso também; o que parecia mais plausível era que tivesse alguma relação com a visita que eu havia feito a Mariam Kadhar. Ou algo sobre o manuscrito de Rein havia sido revelado.

Eu não considerava outras possibilidades àquela altura.

Quando entrei no escritório de Maertens, pensei que a explicação mais óbvia seria que meu perseguidor estivesse se mostrando amador de propósito, que seu objetivo fosse eu perceber que estava sendo vigiado, mas o motivo por trás de tudo isso me era desconhecido, e não tive mais tempo para pensar no assunto, pelo menos no momento.

Pela primeira vez desde que eu havia contratado Maertens, ele tinha algo para me contar. Deixou claro que podia se tratar de uma pista falsa e me recomendou não ter esperanças demais.

Então ele me entregou um pequeno envelope pardo. Eu o abri e encontrei um endereço que para mim era desconhecido.

— Fica em um dos subúrbios — Maertens me explicou. — O senhor chega lá de trem em meia hora.

— O senhor a viu mesmo lá?

Ele sacudiu os ombros, como era seu costume.

— Não pessoalmente. Foi um dos meus colaboradores.

— Quando?

— Ontem. Ele a viu entrar em um prédio, mas ela pegou o elevador e subiu. Ele não teve tempo de ver para qual andar ela foi. Ele é um pouco manco e tem dificuldade para subir escadas... Bem, hoje ficamos controlando a entrada, mas ela não apareceu.

— O senhor tem certeza de que era ela?

— Não tenho certeza absoluta — ele disse, sorrindo. — A marca de nascença bate, mas quem pode dizer como uma mulher se parece depois de três anos?

Guardei o envelope no bolso interno do casaco e fui embora. Quando saí para a rua, os sinos da igreja de Keymer tocaram nove badaladas; concluí então que era melhor deixar a visita ao subúrbio para o dia seguinte.

Jantamos em nosso hotel no segundo dia e, enquanto tomávamos café e fumávamos após o jantar, ela me revelou que iria se encontrar com Mauritz Winckler na manhã seguinte.

Dito e feito. Eu estava na varanda e a vi indo embora de carro, pelo caminho sinuoso que ia da montanha até o vale, chegando aos vilarejos do outro lado. Acompanhei sua passagem entre duas montanhas, onde o Audi branco desapareceu de repente, tão rápido como um floco de neve se dissolve na água.

O dia se apresentava em um único tom, encoberto e com nuvens ameaçadoras pairando sobre os picos da cordilheira. Resolvi sair para uma caminhada na mesma direção das montanhas, pois não tinha a menor vontade de estar entre pessoas e prédios, não queria saber de mais nada a não ser da minha mulher, mas sei que o melhor a fazer nessas ocasiões é justamente sair e tentar espairecer. Quando a inquietação da alma é forte demais, devemos fazer algo físico para acalmá-la, então, logo depois do meio-dia, saí para minha caminhada levando algumas garrafas de cerveja e uns sanduíches preparados para mim na cozinha do hotel.

Depois de cerca de uma hora, a chuva tinha me alcançado, mas logo encontrei uma gruta para me abrigar e lá passei a tarde toda, sentado em uma pedra, observando a cortina de água encobrir a paisagem, que havia perdido seus contornos e muito de sua beleza naquele dia.

Fiquei lá tomando minhas cervejas e mastigando lentamente os sanduíches enquanto traçava um plano atrás do outro. Pensei inclusive na pele macia na parte interna das coxas de minha esposa, igual à das outras mulheres, mas meu pensamento estava totalmente concentrado em Ewa. Fiquei refletindo que essa pele macia é paradoxalmente inocente, e imaginei se é possível, com um leve toque da ponta dos dedos, decidir em que parte do corpo determinada porção de pele está localizada.

Esses pensamentos me distraíram um pouco, e não cheguei a conclusão alguma; somente quando estava descendo a montanha tive algumas ideias, que se solidificaram quando cheguei à recepção do hotel. Ainda não tinha pensado nos detalhes, mas tinha um plano geral, o que me dava uma sensação de satisfação. Entrei debaixo do chuveiro e deixei a água quente escorrer sobre mim, substituindo a água fria que me encharcara durante a caminhada de volta de uma hora sob a chuva.

Acho que tirei a ideia de um filme antigo a que havia assistido na televisão quando era jovem, cujo título não tive a capacidade de guardar na memória, ou talvez meu plano derivasse de um dos muitos arquétipos de crime, com uma origem tão indistinguível quanto a sopa que me foi oferecida pelo hotel naquela noite.

Eu sentia uma grande solidão, e a sopa não me consolava.

Quando Ewa retornou, já eram mais de três da manhã e eu fingi estar dormindo. Tenho certeza de que ela percebeu minha simulação, mas também cumpriu seu papel e andou com cuidado pelo quarto escuro para não me despertar, assim como eu mesmo costumava fazer meio ano antes.

Esqueci o nome daquela mulher.

O subúrbio, que se chamava Wassingen, era composto de uns vinte prédios e um centro comercial. Não avistei nenhuma edificação mais antiga e concluí que tudo fora construído no fim dos anos 60 e começo dos 70.

Deixando a estação, fui seguindo o fluxo de pessoas através de túneis malcheirosos e grafitados e em seguida saí para a luz do dia em uma praça cinzenta e sem alma. As lojas e os demais estabelecimentos ficavam espalhados em três direções, sendo que da quarta vinha um vento marítimo insuportável. Lembro-me de ter pensado que, se o inferno fosse construído nos dias atuais, poderia ter a arquitetura desse lugar como fonte de inspiração.

Fui em busca do prédio certo. Era um edifício de concreto marrom-acinzentado, marcado por infiltrações e distribuído em dezesseis andares. Fiz uma rápida avaliação e concluí que ali deviam morar entre mil e mil e duzentas pessoas. No saguão do edifício, onde o colaborador de Maertens supostamente avistara minha mulher, havia um quadro com setenta e dois nomes. Saí do local e fui me sentar em um café no centro comercial. Refleti sobre algumas alternativas estratégicas enquanto tentava observar todas as mulheres que passavam nas mais diversas direções.

Nenhum plano aceitável surgia em minha mente, mas uma sensação crescente de desespero e vazio. De repente meu olhar se fixou na banca de jornais em frente à cafeteria. Terminei meu café, fui até lá e fiquei examinando as publicações, até que acabei comprando seis exemplares de uma revista semanal cristã chamada *Despertar*. Em seguida voltei ao prédio e entrei em ação.

Uma hora mais tarde, eu já havia tocado a campainha de sessenta e quatro apartamentos. Era fim da tarde de sexta-feira, e eu havia recebido resposta da maioria — quarenta e seis apartamentos, para ser mais exato. Tinha conseguido vender dois exemplares da revista e não vislumbrara sequer a sombra de Ewa.

Joguei na lixeira as revistas que haviam sobrado e voltei pelos túneis até a estação. Já estava escuro, e a sensação de isolamento estava realmente me sufocando. Enquanto esperava o trem, tomei três doses de uísque em um bar. Tentei puxar conversa com o barman, um tipo musculoso e coberto de tatuagens, mas ele só respondeu por monossílabos e nem desviou o olhar da programação de jogos a sua frente no balcão. Notei que ele movia levemente os lábios enquanto lia.

Chegando à Ferdinand Bol, telefonei do café para Maertens, mas, como era sexta à noite, ele não atendeu. Eu teria de aguardar até segunda-feira para acertarmos a conta e eu dispensar seus serviços.

Continuei bebendo uísque durante toda a noite; lembro que quase me envolvi em uma briga com um norueguês de rosto vermelho no bar próximo a Leidse Plein e, no caminho para casa, tropecei em uma bicicleta na calçada, resultando em alguns ferimentos nada acanhados nas juntas dos dedos.

A parte mais negativa da noite foi que acabei perdendo a lista de apartamentos que visitara em Wassingen, e, quando me recordo de tudo, percebo que foi exatamente isso que me fez demorar para planejar a próxima tentativa.

De qualquer forma, sei que a essa altura eu não havia desistido da ideia de encontrar Ewa. Minha crise naquela tarde e noite não era nada mais que uma resignação temporária diante do fracasso da minha missão.

Temporária e, a meu ver, compreensível de certa forma.

Na segunda-feira acertei a conta com Maertens; fui à sua procura antes de ir para a biblioteca. Tivemos uma pequena discussão sobre se a pista em Wassingen deveria ser considerada um resultado substancial ou não, mas finalmente ele concordou que eu pagasse a taxa mais baixa.

Maertens não me desejou boa sorte quando trocamos um aperto de mãos, e eu compreendi que ele achava que eu deveria esquecer a coisa toda e me dedicar a algo mais proveitoso. Tive vontade de tecer alguns comentários críticos sobre sua atuação, sua falta de interesse e engajamento, mas me controlei e me despedi sem mais nada a dizer.

Durante o fim de semana, desde que a pista em Wassingen tinha sido descoberta, eu havia conseguido, de uma forma ou de outra, esquecer o homem que me vigiava, mas assim que pus os pés na biblioteca voltei a pensar nele. Ele apareceu em minha consciência sem aviso prévio, e lembro que parecia que eu poderia invocar sua presença ali na sala de consulta.

Por esse motivo, foi praticamente uma decepção para mim encontrar a sala vazia. Durante toda a tarde, enquanto trabalhava no manuscrito de Rein, só tive companhia por cerca de meia hora, quando dois estudantes, acomodados na mesa do fundo, cochichavam sobre um trabalho em grupo a ser feito.

Não vi nem sombra do meu perseguidor.

Está tudo dando errado, foi o que pensei diversas vezes naquela segunda-feira. *Tudo dá errado, isso é o normal nesta maldita vida.*

No entanto, eu sabia que não era bem assim. Sabia que mais cedo ou mais tarde tudo daria certo; era apenas uma questão de paciência e persistência. Há sinais e sinais.

Nem mesmo o texto de Rein foi especialmente surpreendente nos primeiros dias daquela semana. Se recordo bem, foi somente lá pela quinta-feira que encontrei algo que me fez reiniciar as especulações. Depois de várias páginas confusas sobre lembranças de infância, provavelmente de R, de repente o texto começou a ficar compreensível e, enquanto meu chá esfriava na xícara de plástico amarela, traduzi o seguinte trecho:

"Documentação. Durante o instante passageiro em que a angústia é aliviada, R começa a refletir sobre a documentação. Quando tudo está encerrado, a ferida não pode ser fechada como um passo dado na água, motivado pelo esquecimento e pela presença contínua da ditadura. Uma manhã ela está na praça comprando verduras, sempre verduras que não podem ter mais que um dia de vida, seu *memento mori*. Ele examina os pertences dela; ela sabe que ele nunca faria isso e nunca se preocupou em esconder algo dele. Encontra cartas, quatro cartas, três delas muito claras, a quarta mais uma conspiração. Eles estão realmente conspirando. Ele sente gotas de suor começarem a escorrer da testa quando compreende o que está acontecendo: eles conspiram contra sua vida. R vai até a praia, enche os pulmões de ar salgado, entra na água até a cintura, fica naquelas águas paradas vendo sua vida passar, tão inconstante e arrogante quanto as águas-vivas pegajosas lutando contra a maré. Volta para casa; ela ainda está lá junto das verduras na praça, isso demora. Talvez esteja fazendo sexo com G também. Ele guarda as cartas em uma pasta, vai à cidade e tira cópias. Ela ainda não voltou enquanto ele esteve fora. R hesita. Cópias para deixar para a posteridade? Guarda duas cópias de volta entre as calcinhas dela na gaveta da cômoda. Coloca dois originais e mais duas cópias em um saco plástico, enrola tudo em um pedaço de lona, muito consciente de que está tomando medidas de segurança pensando na posteridade. Vai até a oficina de ferramentas, apanha uma pá, dá uma olhada e escolhe o lugar. No meio da grama tenra há aquele monstruoso relógio de sol e, na terra macia do lado norte, ele enterra seu tesouro e seu testamento. Toma vários copos de uísque, M ainda não voltou, está transando com G, ele sabe disso agora, ela de pernas bem abertas recebe o esperma viscoso de G, dois animais suados em um quarto de hotel da cidade. Provavelmente no Belveder, ou ainda no Kraus, na cidade vizinha mais longe, porque eles são tão malditamente cuidadosos, M e G. Apesar de R beber mais uísque, ainda consegue vê-los a sua frente, os dois transam e teorizam sobre a própria vida, e, sem nenhuma dúvida agora, ele se senta e começa a escrever. Sua investida agora serão essas palavras, sempre essas escassas abstrações para apanhar os corpos suados dos assassinos, um casulo em crescimento feito de palavras ao redor da carne fétida. R teme e R sabe, mas R escreve."

Páginas 122 e 123. Naquela noite, finalmente quebrei a regra de Darke. Sem me preocupar em traduzir, fiz a leitura do restante do manuscrito.

À luz da pesada luminária de chão feita de ferro e com Beatrice descansando sobre meus pés, terminei de ler as últimas quarenta páginas da obra de Germund Rein. As linhas finais eram uma citação de um de seus primeiros livros, *A lenda da verdade*:

"Quando um dia não compreendermos mais nossa vida, seremos obrigados a continuar como se fizéssemos parte de um livro ou de um filme. Não há outras instruções."

Largo os papéis. São onze horas e alguns minutos, e percebo que meu corpo está tenso como uma mola de aço esticada. Eu me levanto e tento relaxar, ando de um lado para o outro no apartamento e me instalo na janela com um cigarro na mão. Apago a luz e fico observando a movimentação lá fora, como fiz em tantas outras noites. Meus pensamentos se dispersam e se misturam, tomando distância da linguagem. Sei que preciso agir de alguma maneira, pois cheguei a um ponto em que toda argumentação se torna inválida. Não consigo compreender por que ele colocou essa pressão em cima de mim, mas agora é tarde demais para me libertar. Não cabe a Horácio ter dúvidas.

Passados alguns momentos, a tensão vai se desfazendo. Vou até o café, mas não tomo nenhuma cerveja esta noite, e, com a mente clara, decido quais serão minhas estratégias de agora em diante.

Não é nada de extraordinário, mas não vejo outra solução para o momento nem para o futuro.

Eu não via Janis Hoorne fazia dois anos e meio, mas seu nome estava no catálogo telefônico, e quando liguei ele não teve a menor dificuldade de se lembrar do nosso último encontro.

Havíamos nos visto em uma pequena feira do livro em Kiel e passado algumas noites juntos nos bares da cidade. Ele era uma espécie de lobo solitário, assim como eu, e tínhamos muito a conversar, mesmo que seu exagerado consumo de álcool nos atrapalhasse um pouco.

Muita coisa que poderia ter sido dita acabou não sendo. Eu sabia que de vez em quando ele passava períodos internado em clínicas, mas quando atendeu minha ligação, na hora no almoço do primeiro domingo de março, pareceu muito bem articulado e cheio de energia. Ele estava trabalhando em um projeto para a televisão sobre os vários movimentos de extrema direita, explicou. Estava no meio de um período intenso de trabalho e pareceu muito entusiasmado por falar comigo.

Na verdade, eu só precisava de uma informação dele, pois não havia conseguido encontrar o endereço da casa de praia de Rein, e como eu sabia que Hoorne havia estado lá, porque tinha me contado naquela semana em Kiel, foi essa a primeira possibilidade que me passou pela cabeça.

Em todo caso, ele insistiu em me encontrar, e marcamos no Suuryajja, um pequeno restaurante indonésio em Greijpstraakvarteren, na segunda à noite.

Passamos muito tempo à mesa, comendo, bebendo e conversando sobre questões existenciais naquele tom levemente sarcástico, exatamente como eu me lembrava que havíamos feito dois anos e meio antes. Hoorne não demonstrou surpresa alguma quando eu lhe disse que planejava ir até a casa de praia de Rein. Meu álibi era que eu estava pesquisando fatos privados que talvez saíssem em uma biografia do autor, e quando nos despedimos, já tarde da noite, eu havia conseguido, além do endereço da casa de praia, um mapa desenhado que indicava perfeitamente o caminho para lá. Fiquei sabendo que a casa também era conhecida como "O Jardim das Cerejeiras", mas ele não sabia por quê. Tinha alguma relação com Tchekhov, naturalmente, mas exatamente o que era uma pergunta que nenhum de nós dois poderia responder, apesar de nossas especulações. Tentei fazê-lo me contar mais sobre Rein e sua relação com a esposa, pois Hoorne o conhecia um pouco melhor, mas nenhum comentário foi feito quanto a minhas suspeitas sobre a morte do autor. Hoorne não tinha se espantado com a notícia do suicídio, pois sabia que Rein estava em uma fase difícil e que mais cedo ou mais tarde algo acabaria acontecendo.

A morte é mais um acontecimento natural da vida.

Eu não o pressionei por mais detalhes, não sabia em que círculos ele andava, se é que ainda mantinha amizade com alguém. O único controle que eu podia fazer agora era por meio de especulações. Quando lhe perguntei se sabia se o casamento de Rein e Mariam era bem-sucedido, ele apenas sacudiu os ombros e me perguntou se eu já tinha ouvido falar de algo chamado natureza feminina. Aparentemente ele achara essa resposta profunda e genial, e eu mudei de assunto.

Quando nos despedimos, já era tarde. Como eu ainda passaria alguns meses em A., combinamos de nos encontrar dali a duas semanas, quando ele achava que teria terminado o trabalho para a televisão. A ideia dele era passar um fim de semana junto ao mar em Molnar, a uns três quilômetros da casa de praia de Rein. Hoorne tinha herdado uma casinha de seu pai, o famoso historiador de guerra Pieter Hoorne.

Eu lhe disse que estava ansioso para fazer a viagem, mas ao mesmo tempo tinha a sensação de que muita coisa poderia acontecer e me obrigar a uma mudança de planos enquanto aguardávamos aquelas duas semanas.

No dia seguinte a meu encontro com Janis Hoorne, passei uma hora pesquisando viagens de trem e de ônibus até Behrensee, o vilarejo mais próximo à casa de praia de Rein, mas logo acabei desistindo. Se eu fosse de transporte público, seria obrigado a fazer muitas conexões complicadas, além de precisar caminhar uns quatro quilômetros ao longo da costa. Então achei que o melhor seria alugar um carro.

Um pouco antes da hora de fechar, reservei um pequeno Renault na loja da Hertz localizada na Burgisgracht para viajar na quarta-feira. Quando saí da loja, percebi que estava sendo novamente seguido.

O homem estava em pé do outro lado do estreito canal, como se observasse algo naquelas águas escuras e paradas. Tinha trocado o sobretudo por uma jaqueta de couro com gola de pele e usava um gorro de lã, mas eu o reconheci imediatamente, com seu rosto comprido de cavalo, os ombros encolhidos e a má postura de sempre. Além disso, ele usava os mesmos óculos.

Por um breve momento, fiquei pensando no que deveria fazer para me ver livre dele e mostrar que eu tinha pleno conhecimento de estar sendo seguido. Comecei a caminhar em direção ao centro e ele foi me seguindo, mas, quando estávamos na Kalverstraat, ele entrou num beco e desapareceu.

Apesar da longa caminhada, não vi mais sinal dele. Acabei desistindo e tomei o bonde para o apartamento na Ferdinand Bol. Jurei para mim mesmo, durante o sacudido trajeto no bonde, que da próxima vez não o deixaria escapar; o melhor a fazer era confrontá-lo ou tentar inverter nossos papéis.

Eu tinha dificuldade em compreender o que realmente estava acontecendo naqueles primeiros dias de março. O clima havia, sem nenhum aviso, passado diretamente para a primavera, e de alguma forma isso significava que eu deveria fazer mudanças significativas em meus planos. No jogo que decorria a meu redor (eu sei que era assim mesmo que queria me expressar), eu trocava constantemente de posição e de time, como se houvesse algo que não podia controlar, me dando a sensação de estar sendo manipulado. Era difícil manter a ilusão de que minhas decisões e ações eram governadas pelo meu livre-arbítrio, e eu me recordo de que, mais de uma vez, cheguei à conclusão de que era essa a questão.

Uma ilusão.

— Mas você não percebe que é uma ilusão? — perguntei.

— Não é uma ilusão — Ewa respondeu, sem ao menos me olhar.

Não fomos adiante na conversa enquanto estávamos no restaurante do segundo Gasthof. Comemos em silêncio, e eu sentia que tanto a linguagem quanto as palavras haviam ficado pesadas repentinamente e que nenhum de nós conseguiria tirá-las do fundo do poço onde havíamos ido parar. Assim como diante de uma guerra iminente, estávamos muito próximos do ponto em que todas as negociações fracassam e apenas a verdade nua e crua permanece.

Depois de comer, fizemos uma longa caminhada pelo vilarejo e nos sentamos sob as castanheiras ao redor da escola fechada para as férias de verão, observando os senhores idosos vestidos de preto que jogavam bocha em uma pista ao longo do rio.

— Eu tive outras mulheres — eu disse.

Ewa não falou nada. Um esquilo desceu da castanheira, ficou parado por um momento bem à nossa frente e nos olhou antes de seguir caminho. Não sei bem por que me recordo desse animalzinho e dos segundos em que ele ficou imóvel, nos observando muito de perto, mas me lembro bem e nunca mais vou esquecer. Talvez tenha algo a ver com os olhos do animal e com a pergunta não formulada que está sempre lá, e com a qual eu não consigo lidar.

— Nunca significou nada — expliquei.

Ela respirou fundo.

— É essa a diferença — disse.

— Que diferença? — perguntei.

— Eu só tive um, e significa tudo.

Não respondi e, depois de um momento, começamos a voltar para o hotel.

No dia seguinte, nosso quarto em Graues, expliquei para Ewa que queria passar o dia sozinho para pensar em tudo o que estava acontecendo. Eu disse que precisava do carro também, do Audi branco que havíamos alugado durante o verão, e ela concordou sem reclamar. Eu me dei conta de que Mauritz Winckler devia ter seu próprio carro lá no vilarejo do outro lado da montanha, e, se eles decidissem se encontrar, não haveria nada que os impedisse de fazê-lo.

Saí logo depois do café da manhã e tinha toda a atenção concentrada nos detalhes do caminho para a montanha. Era um dia claro, com apenas rastros de nuvens no céu, e eu constatei que o caminho era como eu havia imaginado. O único ponto crítico parecia estar exatamente na saída do hotel, mas, se não fosse preciso parar por haver algum veículo passando na estrada, não havia motivo algum para pisar no freio. Nos dez minutos de viagem contornando a serra, me deparei com algumas curvas bem fechadas, mas a subida era tão íngreme que nem pensei em tirar o pé do acelerador.

Depois de subir até o cume, estacionei em uma pequena vaga com vista panorâmica para o outro lado da montanha. Uma placa informava que a altura era de 1.820 metros acima do mar e que as montanhas ao redor chegavam a três mil metros. Eu me sentei na cerca de proteção enquanto fumava um cigarro e tentava seguir com o olhar a faixa de asfalto que levava aos outros vilarejos, que eu não conseguia visualizar de onde estava. A estrada aparecia e desaparecia por trás das montanhas e elevações; era a mesma por onde eu tinha vindo. Em uma parte dela, a alguns quilômetros de distância, era possível vislumbrar o reservatório de Lauern, uma barragem artificial gigantesca sobre a qual eu havia lido em um panfleto de informações turísticas. Suas águas eram de um verde impenetrável, e, se eu bem me lembrava, a barragem era capaz de armazenar até um bilhão de metros cúbicos de água.

Apaguei o cigarro, fechei os olhos e tentei visualizar tudo a minha frente. Não foi especialmente difícil.

Não foi nada difícil.

Em vez de continuar meu caminho até a barragem e os vilarejos, decidi dar uma olhada na subida mais uma vez. Voltei de carro para Graues, tomei uma cerveja no café da praça e, em seguida, saí para subir a montanha novamente. Passei em frente ao nosso hotel duas vezes, mas não parei para examinar aquele ponto crítico na saída, porque não sabia se Ewa ainda estava no quarto ou se já se encontrava nos braços de Mauritz Winckler.

Não havia nada que a impedisse de estar fazendo as duas coisas.

Ou seja, estar nos braços dele justamente em nosso quarto.

Minha segunda tentativa veio a confirmar a primeira. Do hotel até a passagem entre as montanhas, levei menos de onze minutos e não aproximei o pé do freio nenhuma vez. Até agora tudo tinha saído como eu planejara, faltando apenas a parte principal.

A descida.

Levei quase três horas para decifrar o cenário mais provável e, durante todo esse tempo, devo ter subido e descido pelo menos umas oito vezes pelo mesmo local. Diversas vezes estacionei o carro, acendi um cigarro e fiquei tentando encontrar uma solução. Para conseguir ter a visão mais realista possível, experimentei fazer a descida sem usar os freios, e, nas últimas duas vezes, ficou claro para mim que estava arriscando minha vida descendo aquela estrada sinuosa em marcha lenta. Também constatei que não havia zonas de fuga ou outras áreas de emergência ao longo da estrada, e foi com uma satisfação amarga que fui obrigado a descartar todas essas possibilidades.

O máximo que consegui foi descer um quilômetro ao longo da estrada, em estado de alerta e em primeira marcha. As primeiras quatro curvas não foram muito difíceis; percebi que até mesmo um motorista em estado de choque conseguiria passar por elas sem maiores problemas: não havia curvas fechadas nem se corria o risco de bater contra as montanhas. O que vinha mais adiante era muito pior: uma faixa reta de uns cem metros, que descia verticalmente, com uma montanha rochosa do lado direito e um precipício do esquerdo. Por mais que eu tentasse, foi impossível não usar o freio e diminuir a velocidade perante a curva à direita, que veio logo após a faixa reta. Quando entrei nela, o carro foi arremessado automaticamente em direção ao precipício à esquerda, sendo a única proteção ali uma mureta de pedra um pouco desmoronada. Concluí que seria exatamente ali que tudo iria acontecer.

O precipício era quase vertical e tinha uns cinquenta metros de profundidade. Lá embaixo havia certa inclinação, rochas pontudas e pedregulhos, mas nenhuma vegetação, e, o melhor de tudo, a superfície fosca e imóvel da barragem de Lauern.

Seria talvez uma queda de cem metros, com alguns arbustos de espinhos ao longo das montanhas e, lá embaixo, um bilhão de metros cúbicos de água esverdeada.

Eu não tinha a menor dificuldade de enxergar como tudo seria.

Jantei em Wörmlingen, o primeiro vilarejo no vale passando a barragem. Escrevi alguns cartões-postais para amigos e conhecidos, contando que nossas férias estavam sendo maravilhosas. Para L e S ainda contei que Ewa e eu estávamos vivenciando a viagem como uma segunda lua de mel e que não havia nenhuma dificuldade em encontrar lugares mais isolados e românticos entre as montanhas.

Quando percorri o caminho uma última vez, já tinha começado a pensar nos aspectos técnicos do plano, mas, como eu sempre fora quase um especialista em máquinas e carros, sabia com certeza que não teria maiores preocupações. A única coisa que talvez exigisse mais atenção e planejamento era para onde eu iria, pois precisava trabalhar por algumas horas sem ser interrompido, mas sentia que até mesmo esse detalhe seria fácil de contornar.

Na tarde do dia seguinte, Ewa me disse que gostaria de sair com o carro na próxima manhã; a essa altura eu já tinha solucionado todos os detalhes que faltavam.

— É claro — respondi, sem tirar os olhos do livro que folheava. — Fique com o carro. Abasteci hoje de manhã, é só sair.

Lembro que ela veio até mim e colocou a mão em meu ombro por um momento, algo muito breve, e nem assim eu olhei para ela.

Eu tinha dormido muito mal na noite anterior à visita à casa de Rein, e, apesar de ficar a apenas cem quilômetros, fui obrigado a parar e comprar um café no meio da viagem.

Para me manter acordado, quero dizer.

O céu estava claro e a temperatura era de primavera, chegando a quinze graus, e se podia sentir que o solo já estava mais macio. O clima também parecia ter influência positiva sobre meu estado de espírito e minha capacidade de ação, pois tomei a decisão de encontrar as cartas comprometedoras, ou o que quer que fossem, enterradas por Rein no Jardim das Cerejeiras. Com certeza eu também estava buscando, conscientemente ou não, todos os sinais que poderiam ser vistos como positivos e que confirmassem que eu me encontrava no caminho certo, algo que eu vinha fazendo durante todo o tempo que passei em A. Tudo parecia muito agradável naquele dia. O sol aquecia, flores brancas e amarelas nasciam nos leitos da estrada, um sorriso correspondido pela moça que atendia no caixa quando eu paguei o café, enfim, tudo estava perfeito.

Talvez se fosse o contrário, com maus presságios e moças de mau humor, eu desistisse, mas depois que tudo passou fica difícil dizer. Foi como foi, mas também não é impossível que tudo tomasse outro rumo se o tempo estivesse menos bonito naquela segunda semana de março.

Na praça em Behrensee, era dia de feira. Estacionei em frente à igreja e, com o mapa desenhado de Hoorne nas mãos, fui andando entre a multidão e tentando me orientar. Ainda não tinha visto nem uma ponta do mar, mas sentia sua presença nas fossas nasais. Talvez também o escutasse, como um ruído distante e repetitivo, disfarçado pelo burburinho das vozes na feira. Uma placa quebrada informava que a distância até a praia era de um quilômetro e meio.

Por alguma razão me deu uma vontade incontrolável de visitar as bancas da feira antes de seguir caminho, e quando, meia hora mais tarde, vi que o relógio do prédio branco e baixo da prefeitura marcava uma da tarde, saí em direção à praia, levando comigo uma sacola bem provida no banco do passageiro. Tinha comprado frutas, pães, marmelada caseira e queijos, além de uma garrafa de sidra, com a qual deveria ter certo cuidado.

A uns cem metros da beira da praia, onde havia bastante vegetação natural e a estrada se dividia, tomei o caminho que ia para o sul. Segundo Janis Hoorne, em três quilômetros eu teria de estar muito atento ao moinho abandonado do lado esquerdo, pois era por ali que deveria seguir. O Jardim das Cerejeiras ficava meio escondido entre os pinheiros na beira da praia. Fui dirigindo cuidadosamente pela estrada estreita de asfalto, meio encoberta pela areia, e, passados alguns minutos, estava perto do moinho abandonado. Parei e fiquei observando.

Havia uma casa que correspondia à descrição, escondida entre as árvores à direita. Eu também podia ver uma caixa de correspondência pintada de azul e descascada, além de uma estradinha que levava até uma espécie de estacionamento natural com lugar para quatro ou cinco veículos.

E ali estava o problema. Havia um Mercedes vermelho estacionado embaixo do telhado de galhos das árvores, e compreendi que o clima agradável não havia sido um bom sinal somente para mim. Era óbvio que o início da primavera tinha atraído outras pessoas para junto do mar, e, como eu não tinha a menor vontade de me encontrar com Mariam Kadhar ou com mais ninguém, resolvi continuar meu trajeto em direção ao sul.

Assim que perdi a casa de vista, saí da estrada e estacionei em um bosque de pinheiros. Presumi que deviam ter sido plantados ali para segurar a areia, mas também para fazer sombra a quem fosse passar os domingos naquele lugar nos dias de verão. As casas eram bem afastadas umas das outras e eu não sabia como era a de Rein, mas concluí que devia ser um dos imóveis mais caros do local.

Sim, por que ele não se daria esse luxo?

Carregando minha sacola, saí andando no vento em direção à praia. Caminhei de volta o trajeto que havia feito de carro, me mantendo na faixa de areia úmida e firme, que a intervalos era embebida pela espuma das ondas. Meus passos eram firmes e apressados, com o rosto virado contra o sol. Sobre o mar avistei gaivotas pairando, e elas enchiam o ar com o som de seus gritos estridentes. Passei por um homem correndo, vestido com roupas vermelhas, e por uma mulher acompanhada de seu cachorro, mas com exceção deles a praia estava deserta até a península de Behrensee, onde a terra começava a subir para o lado sul, até onde a vista podia alcançar.

Depois de uns vinte minutos, deixei a beira do mar para trás. Comecei a me aproximar mais das dunas de areia perto do Jardim das Cerejeiras. Então me agachei em uma depressão para me proteger e me preparar para a espera.

O sol estava bem quente. Comi um pouco de queijo e pão, bebi uns goles da sidra doce e, passados dez minutos, adormeci.

Quando acordei, não sabia onde estava.

Isso já me havia acontecido outras vezes, e eu já tinha discutido o assunto tanto com profissionais quanto com amadores:

eu costumava ter lapsos de memória pela manhã. Aqueles instantes em que saímos do sono diretamente para a realidade e, nesses momentos, poderíamos ser qualquer pessoa, em qualquer tempo e qualquer lugar. Desde o desaparecimento de Ewa eu aprecio esses momentos de inconsciência e, nestes três anos, posso dizer que vivi alguns minutos em que achei que ela ainda estivesse comigo. Pelo menos era alguma coisa, eu costumava pensar, mas dessa vez, junto ao mar em Behrensee, não se tratava desse momento de conforto; era algo muito mais forte, talvez também essencialmente diferente.

Eu estava deitado de costas, e lá em cima no céu azul as gaivotas voavam em círculos. O sol me aquecia, eu ouvia o ruído do mar e o vento sacudindo a vegetação rasteira.

Alguns segundos se passaram.

Pensei em Ewa, meu primeiro pensamento para voltar à realidade. Lembrei-me de Graues.

Lembrei-me da minha volta para casa, três anos e meio antes.

Recordei o interrogatório policial, a camisa verde do comissário Mort, com manchas de suor debaixo dos braços.

As conversas com amigos e terapeutas.

Os meses passados no hospital e a mudança de apartamento. Pensei em meu novo trabalho e na retomada das traduções. No caso fracassado com Maureen. Na viagem malsucedida com B.

Onde eu me encontrava?

Uma formiga andava em meu pescoço, as gaivotas gritavam. Onde?

Acho que se passou um minuto ou dois até que recuperei a consciência, provocada pela tosse.

Clara como se ela estivesse ali ao meu lado, deitada na areia, ouvi a tosse de Ewa no concerto para violino de Beethoven e tive uma sensação... como se houvesse sido baleado e estivesse prestes a morrer, ou como se a eletricidade fosse acionada na cadeira elétrica.

Sobrevivi. Fechei os olhos e apanhei a garrafa de sidra na sacola plástica. Bebi um gole generoso e acendi, ainda de olhos fechados, um cigarro.

Enquanto fumava, continuei deitado, sem me mover. Lentamente comecei a me acalmar e, para distrair o cérebro com algo neutro, tentei pensar nos mecanismos imprevisíveis da memória.

Ou não existiria imprevisão na memória? Seria a memória — ou o esquecimento — o único remédio eficaz contra a vida?

Acho que sim. Pelo menos foi o que achei quando estava deitado naquela depressão na areia, e nada mais me deu motivo para mudar de opinião desde então.

O esquecimento.

Depois de alguns minutos eu tinha me recuperado. Levantei-me para observar o Jardim das Cerejeiras. A casa ficava praticamente escondida entre os pinheiros, e o Mercedes vermelho continuava estacionado lá. Da chaminé saía um rastro de fumaça, logo espalhado pelo vento.

Olhei para o relógio; eram duas e meia. Voltei a me sentar na areia e elaborei duas perguntas:

Será que passariam a noite ali?

Quando ficaria escuro o suficiente para que eu tivesse coragem de me aproximar?

Enquanto eu fazia minhas indagações, concluí que, independentemente do plano, eu deveria tentar encontrar o pacote de cartas quando ainda estivesse claro, pois procurar no escuro seria um tanto desagradável.

Um hora depois eu já sabia o que precisava saber. O relógio de sol era mesmo de gosto duvidoso, assim como estava no texto de Rein. Era exageradamente grande, uma escultura de bronze solitária instalada majestosamente no meio do jardim. A distância entre ele e a casa era de uns bons vinte metros, e eu considerei que não correria riscos se fosse escavar em volta do relógio assim que escurecesse. O Mercedes continuava lá; eu avistara rapidamente duas pessoas que se mantinham dentro da casa, apesar do bom tempo. Parecia que não queriam ser vistas. Continuei acomodado de bruços na depressão, com a cabeça espiando entre dois amontoados de grama, e tinha total visão do que estava acontecendo no Jardim das Cerejeiras.

Nada de interessante ou emocionante estava ocorrendo por lá. Enquanto esperava anoitecer, devo ter fumado pelo menos vinte cigarros, o que estava muito acima do meu consumo normal, e minhas provisões acabaram antes de o sol se pôr.

Eu sentia também uma serenidade crescente, me via descansado e recuperado depois dessas horas pacatas na praia. Acho que era disso que eu precisava, e poderia aproveitar as baterias recarregadas mais tarde. Depois do meu minuto sem memória e de acordar em choque, a preocupação havia deixado totalmente meu corpo. Por volta das oito e meia, comecei a me aproximar cuidadosamente da casa, e não me sentia nada nervoso. A janela do andar de baixo estava iluminada, mas a luz não chegava até o jardim, e percebi que o relógio de sol, para alguém que estivesse dentro da casa, não ficaria visível devido às dunas de areia, ao ambiente e às árvores escuras.

Fui engatinhando sobre a grama e me aproximei do relógio, que ficava sobre uma base de um metro de altura, feita de tijolos. Comecei a apalpar a terra solta ao redor. Eu não havia trazido uma pá, mas sabia que Rein não tinha motivos para ter enterrado o pacote muito fundo, e, passados alguns minutos de escavação, encontrei o que estava procurando.

Era um pacote pequeno e achatado. Estava enrolado, como ele mesmo escrevera, em um pedaço de lona e media talvez quinze por vinte centímetros, com uns dois de espessura. Limpei o pacote, arrumei a terra no lugar onde tinha acabado de cavar e saí dali discretamente entre as árvores, em direção à praia. No mesmo momento em que passei pelas dunas, a lua saiu de trás das nuvens, iluminando toda a península de uma cor prateada.

Interpretei isso como mais um sinal.

A viagem de volta para A. levou uma hora e meia. Meu estado de espírito ainda estava neutro e concentrado. O pacote de Rein estava ao meu lado no banco do passageiro. Eu olhava para ele sem agitação ou grandes questionamentos na mente.

Mais tarde, quando devolvi as chaves e o carro na Hertz e tomei alguns drinques no Vlissingen, lembro de deixar o pacote sobre a mesa, sem cuidado, enquanto ia ao balcão do bar ou ao banheiro.

Talvez fosse uma questão de desafiar o destino a agir antes que fosse tarde demais.

Mas nada aconteceu. O destino estava de folga naquela noite. Voltei para o apartamento perto da meia-noite e, depois de limpar a caixa de Beatrice e lhe dar comida, guardei o pacote sujo atrás da última fileira de livros na estante. Decidi que ele ficaria lá por alguns dias, para me dar uma chance, mesmo que hipotética, de deixar as coisas em paz e em seu devido lugar.

Parece que meu repouso junto ao mar naquela tarde não havia sido suficiente, porque mal me lembro de ter tirado as roupas antes de cair na cama.

Em certos dias parecemos ser outra pessoa quando nos deitamos para dormir, em comparação com o que éramos quando acordamos. Sei que ainda tive tempo para pensar, antes de pegar no sono naquela noite, que esse tinha sido um dia assim.

Depois que ela saiu com o carro, voltei para a cama. Fiquei deitado tentando me entreter com os dois livros que estava lendo, mas não conseguia me concentrar. Levantei-me e tomei um banho demorado e quente enquanto pensava no que iria fazer naquele dia... Eu sabia que já tinha decidido o que fazer, mas os questionamentos me incomodavam.

Em seguida resolvi fazer uma caminhada ao longo do rio; sentia necessidade de me exercitar, e o tempo estava bem melhor que no dia de minha excursão até a gruta. Nem me dei o trabalho de responder à cozinheira se queria levar comida, pois sabia que na beira do rio havia diversos prédios e entre eles eu encontraria algum café ou loja abertos.

Foi um dia muito agradável. Caminhei por mais de quatro horas contornando o rio, fiz alguns intervalos de vez em quando, enquanto me sentava sobre uma pedra e observava a natureza espetacular ou os pescadores no meio da correnteza com suas varas manejadas com precisão. No total devo ter andado uns cinco quilômetros subindo o rio, onde encontrei um pequeno café com uma loja de suvenires. Comi um sanduíche e tomei duas cervejas; estava com muita sede por causa do calor. Comprei alguns cartões-postais e conversei um pouco com o dono do café, um tirolês gorducho e cordial que já tinha viajado muito e inclusive havia estado em minha cidade natal por algumas horas na década de 80.

De volta a Graues, fui jantar no Gasthof número três, dei um passeio e uma olhada nas lojas e, quando voltei ao hotel, já eram sete da noite. Madame H me cumprimentou, como de costume, do balcão da recepção e perguntou se eu tinha passado um dia agradável. Respondi que havia sido muito gratificante.

— Minha esposa já voltou? — questionei.

— Ainda não.

Ela sacudiu a cabeça, e talvez algo se escondesse por trás de seu sorriso; talvez ela houvesse percebido que nós passávamos muito tempo separados, minha mulher e eu. Acenei com a cabeça, sem me importar, e apanhei a chave do quarto, que ela empurrou para mim sobre o balcão de mármore polido.

Quando cheguei ao quarto, algo aconteceu. Sem nenhum aviso, comecei a sentir dores insuportáveis no estômago, como se fossem facas me cortando por dentro, principalmente na região do umbigo, e em seguida veio a náusea. Cheguei ao banheiro, caí de joelhos em frente ao vaso sanitário e botei para fora, imediatamente, tudo o que havia comido naquele dia.

Em seguida, voltei me arrastando para o quarto e me joguei na cama, exausto. Através das portas entreabertas da varanda, eu ouvia os sinos da pequena capela lá embaixo baterem sete e meia. Duas batidas pareciam ter ficado pairando sobre o vale durante mais tempo que o normal.

Fechei os olhos e tentei não pensar em nada.

No dia seguinte, um sábado, comuniquei a madame H que minha mulher estava desaparecida, e foi depois da missa de domingo que a polícia apareceu e assumiu o caso.

Seu representante era um senhor muito gentil, o delegado Ahrenmeyer, um homem magro na casa dos sessenta anos. No inverno, quando os turistas tomavam conta do vilarejo de Graues, ele costumava ter uns dois homens à disposição. No restante do ano, a criminalidade era tão baixa, segundo madame H, que eles nem precisavam usar uniforme. Havia algo velado entre ela e Ahrenmeyer, mas nunca consegui esclarecer o que era. Talvez fosse amor não correspondido; eles pareciam ter a mesma idade.

Nos acomodamos na varanda, e ele ia fazendo anotações em seu caderno com capa de tecido enquanto fumava um cachimbo e, de quando em quando, lamentava o ocorrido e expressava seu pesar. Sua maior preocupação era, sem sombra de dúvida, que o desaparecimento de Ewa tivesse ocorrido dentro de seu distrito e não em outro lugar qualquer, mas ele compreendia perfeitamente que meu sofrimento era maior que o dele no caso.

Suas perguntas se referiam exclusivamente à aparência de Ewa, do Audi e à hora em que ela tinha saído, e, antes de ir embora, vinte minutos depois de chegar, ele me assegurou que publicaria um anúncio de desaparecimento imediatamente. Também prometeu me devolver a fotografia que lhe emprestei, assim que fizesse uma cópia.

Três dias depois o comissário Mort apareceu, e não sei dizer se foi Ahrenmeyer quem o mandou até mim ou se haviam decidido acionar alguém de grau mais alto dentro da própria polícia. Mort era um homem de outro calibre, de baixa estatura, forte, com cabelo ralo e cheio de gel. Tinha os olhos frios e verdes. Lembro-me de pensar que, se alguém nasce com esses olhos, só pode estar destinado à carreira policial, mais cedo ou mais tarde.

Dessa vez o interrogatório se deu na delegacia de Graues, e nos sentamos ao redor de uma mesa bamba de MDF diante de um gravador ligado. Eu me recordo muito bem.

— Me conte o que o senhor sabe — assim ele começou.
Nem tive tempo de responder.

— O senhor sabe onde ela está, não é?

— Não...
— Deve haver um motivo para a sua esposa ter desaparecido. O senhor não acha?
— Sim, algo deve ter acontecido com ela...
— O quê?
Encolhi os ombros. Ele apontou para o gravador.
— Não sei — eu disse.
— O senhor tem alguma ideia?
— Não.
Ele se aproximou tanto de mim que cheguei a sentir seu mau hálito. Ele suava copiosamente por algum motivo, apesar de ter pendurado o paletó sobre a cadeira e estar só de camisa.
— Vocês tinham brigado, não é?
— Não.
— O senhor está mentindo.
— Não. Por que teríamos brigado?
Ele deu uma risada que mais pareceu um latido.
— A sra. Handska, do hotel, me contou que os senhores passaram mais tempo separados que juntos.
— ...
— E então?
— Cada um tem seus interesses.
— Não me venha com piadas.
Houve uma pausa em que cada um acendeu um cigarro.
— O senhor tinha algum motivo para querer se ver livre da sua esposa?
Lembro que foi nesse momento que engasguei com a fumaça; deve ter sido na primeira tragada. O acesso de tosse que se seguiu foi tão intenso que ele se levantou, veio até mim e começou a bater nas minhas costas.
Compreendi que perdera alguns pontos de sua confiança, mas, ao mesmo tempo, uma certa raiva começou a tomar forma dentro de mim.

— Obrigado. O que o senhor está insinuando?

— Insinuando?

Ele voltou para seu lugar.

— O senhor está insinuando que eu estou envolvido no desaparecimento da minha esposa.

— O que o senhor quer dizer?

Naquele momento eu não sabia dizer se ele era um completo idiota ou se achava o mesmo de mim. Ou se se tratava simplesmente de algum tipo de tática segundo o regulamento da polícia. Eu não disse nada.

— Me conte o que aconteceu — ele solicitou, depois de meio minuto de silêncio.

— Eu queria caminhar ao longo do rio, e Ewa preferia passear de carro — eu disse. — Quando se está casado há muito tempo, como nós, se permite essa liberdade ao outro.

— É mesmo?

— Pelo menos se a pessoa tem um pingo de bom senso.

— E o senhor acha que tem?

— Sim.

— E o senhor não sabe para onde ela foi?

— Não.

— Tem certeza?

— Sim.

Mais de uma hora se passou e nós continuamos a falar, próximos do gravador, naquele local pintado de amarelo-mostarda. De repente e sem me avisar, ele desligou o aparelho, vestiu o paletó e disse que aquilo era suficiente por ora.

Ele voltou alguns dias mais tarde, na mesma manhã em que eu sairia de Graues para voltar para casa, via Genebra e de avião. Eu estava com um pouco de pressa, e nossa conversa teve de se limitar a quinze minutos, mas a tática dele não havia mudado praticamente nada. Eram as mesmas tentativas desajeitadas, perguntas insinuantes, o mesmo olhar frio, a mesma camisa suada (ou uma exatamente igual à do outro dia), e, quando ele finalmente me deixou em paz, me senti realmente feliz por me livrar de sua presença.

Nenhuma pista sobre minha esposa desaparecida havia chegado ao meu conhecimento enquanto eu ainda estava no hotel. Nunca mais subi a montanha, tampouco ouvi falar de Mauritz Winckler, fosse na época ou mais tarde.

Depois de uma corrida de táxi de duas horas e meia, cheguei ao aeroporto de Genebra na tarde do dia 30 de agosto e embarquei em um voo comum de fim de tarde. A viagem foi custeada pelo consulado, algo que, pelo que entendi, era de praxe em casos como o meu.

Os primeiros tempos depois de minha volta para casa se passaram sem grandes acontecimentos. Ewa e eu tínhamos um pequeno grupo de amigos, de quatro ou cinco pessoas, e no início eles apareciam regularmente; eu suspeitava de que tinham combinado uma agenda. Lá pelo fim de setembro as visitas foram ficando mais raras, e eu comecei a me acostumar e me adaptar à solidão.

Por meio da nossa própria polícia, eu era informado sobre o andamento da investigação. Durante certo período até destinaram um inspetor em horário integral para essa função. Eu ia à delegacia uma vez por semana, nas sextas-feiras à tarde, depois do expediente, para saber se havia alguma novidade, e a cada vez surgiam novas suposições e hipóteses. No início de outubro, o inspetor foi dispensado do caso e assumiu novas funções; decidimos então que entraríamos em contato um com o outro quando houvesse algo mais concreto para ser analisado.

O que nunca aconteceu.

Foi em meados do mesmo mês, ainda em outubro, que pela primeira vez tentei encontrar Mauritz Winckler, em segredo absoluto, é claro.

Depois de diversos telefonemas, concluí que ele havia se mudado para algum outro país europeu. Exatamente qual eu não fazia a menor ideia nem tinha vontade de descobrir.

Quando novembro chegou, a maioria das pessoas já não acreditava que Ewa voltaria. Uma moça foi contratada para substituí-la no trabalho, e a sra. Loewe, a mãe de Ewa, com quem nenhum de nós dois tinha um bom relacionamento, entrou em contato comigo perguntando se não deveríamos realizar uma espécie de cerimônia em memória de sua filha. Expliquei a ela que não era nada comum fazer o funeral de uma pessoa desaparecida e que eu não estava interessado.

Passada exatamente uma semana dessa conversa, sofri um colapso nervoso, que veio sem o menor aviso entre três e quatro da manhã de uma terça-feira. Ou seja, na hora do lobo.

Acordei e, depois de poucos segundos, senti que caía ou era sugado para dentro de um buraco negro. Eu não parava de cair, a uma velocidade impressionante, e era uma sensação terrível. Já tentei várias vezes descrever o que senti, mas as palavras sempre me faltaram. Com o tempo percebi que não há palavras para descrever aquela experiência.

Fui encontrado ferido e ensanguentado, mas ainda consciente, na calçada abaixo da janela do meu quarto. Passaram-se aproximadamente dez semanas até que eu conseguisse voltar a dormir na mesma cama.

Gostaria de dizer que na ocasião eu era outra pessoa.

Durante o período de dez a doze dias que se passou depois de minha excursão até a praia, mantive rotinas razoavelmente rigorosas. Chegava sempre alguns minutos antes da hora de a sra. Moewenroedhe abrir a porta da biblioteca e ficava aguardando do lado de fora. Trocávamos poucas palavras, apenas um comentário sobre o clima e sobre a primavera antecipada daquele ano. À tarde eu podia ver da minha mesa as pessoas na Moerkerstraat passeando em mangas de camisa ou usando vestidos de verão, apesar de ainda estarmos na metade de março. Lá dentro, em meio à poeira da sala de consulta, as condições eram as mesmas independentemente da época do ano, e não me incomodava em nada que a natureza lá fora estivesse um pouco fora de ordem.

Somente em casos excepcionais eu levantava o olhar para ver o que estava acontecendo. Conscientemente e quase com obsessão, terminei de traduzir as últimas quarenta páginas do manuscrito de Rein. Eu me esforçava muito para não deixar de ser minucioso ou perder a concentração e, em meu planejamento, era obrigado a traduzir entre quatro e cinco páginas por dia. Eu nunca saía do lugar depois de ter iniciado o trabalho, aceitava a xícara de chá e os biscoitos às quatro e meia da tarde e só parava quando a sra. Moewenroedhe ou alguma das outras duas bibliotecárias entrava na sala e me avisava que estava na hora de fechar. Eu sabia que pelo menos a ruiva queria fazer alguma pergunta de vez em quando, mas evitava propositalmente encontrar seu olhar, portanto ela nunca teve essa chance.

No caminho para casa, eu costumava jantar em algum dos restaurantes ao longo da Van Baerlestraat, principalmente no Keyser ou no La Falote. Depois passava algumas horas no Vlissingen, tomava duas cervejas ou duas doses de uísque e folheava os jornais do dia ou ficava observando as pessoas. A maioria eram fregueses habituais, e eu já tinha começado a cumprimentá-las com um aceno de cabeça.

Naturalmente eu também pensava um pouco no futuro. Ainda tinha aquele pacote enrolado em lona e intocado na estante; eu sabia que mais cedo ou mais tarde seria obrigado a abri-lo, e, se o pacote contivesse o que eu imaginava, haveria uma mudança radical na situação toda.

Uma nova página, para não dizer um novo capítulo. Evidentemente, era essa a razão pela qual eu queria terminar a tradução antes de dar o próximo passo. Kerr e Amundsen não receberiam ainda o texto lapidado, somente a primeira versão escrita a mão, mas eu tinha feito um trabalho minucioso desde a primeira página e, se eles quisessem aguardar mais um mês para as revisões, eu poderia oferecer também essa alternativa. Na ocasião eu contava que tudo sairia como o planejado e estava convencido de que eles não hesitariam, muito pelo contrário. Tinha certeza de que largariam tudo o que estivessem fazendo e iriam direto para a gráfica imprimir o livro e distribuir nas livrarias o mais rápido possível.

Se minhas especulações estivessem corretas, o caso todo tinha começado a virar uma grande sensação, um furo de reportagem literário, algo muito maior do que meus editores haviam sonhado.

Isso tudo, claro, não passava de suposição minha. Mas, enquanto ficava no meu canto enfumaçado no Vlissingen naquelas noites depois do trabalho, eu sabia que seria exatamente assim.

Não havia nada que indicasse o contrário.

Uma questão que surgia de vez em quando era como Rein se relacionava com aquilo tudo. Era ele, afinal, o autor e o diretor da obra, um fato inescapável.

Será que ele estaria se revirando no túmulo?

Ou estaria rindo?

Se não me engano, foi numa quarta-feira que finalmente concluí a tradução. Foi logo depois da hora do chá, de qualquer jeito. Juntei meus papéis, livros e bloco, guardei tudo na pasta e deixei minha mesa pela última vez. Quando saí para a rua, me dirigi até a florista na entrada do Parque Vondel e comprei um grande buquê de flores. Voltei à biblioteca e deixei o buquê com a sra. Moewenroedhe, agradecendo por sua atenção e disposição. Meu trabalho estava pronto, expliquei, mas talvez ainda voltasse ali algumas vezes, pois pretendia passar mais uns meses em A. Percebi que a sra. Moewenroedhe ficou emocionada, mas tinha dificuldade com as palavras e, depois de umas frases banais de despedida, segui meu caminho.

Na mesma noite reli toda a tradução, o que levou pouco mais de seis horas; fui obrigado a fazer pequenas correções e ajustes, claro, mas no geral estava muito satisfeito com o resultado final, o que me surpreendeu um pouco. Apesar de o texto ser pesado e altamente complexo, acho que encontrei o tom certo e não conseguia ver passagens com as quais estivesse descontente.

Quando terminei, já eram duas e quinze da manhã. Fui até a cozinha, coloquei um pouco de uísque em um copo alto, voltei para a sala e apanhei o pacote da estante.

Acomodei-me na poltrona e o abri com cuidado. Exatamente como Rein havia escrito, as cartas tinham sido colocadas primeiramente em um saco plástico amarelo.

Lá dentro encontrei quatro folhas de papel dobradas. E nenhum envelope.

Antes de ler, percebi que se tratava de dois originais e duas cópias, escritos a máquina. Na mesma máquina, era o que me parecia.

Tomei um gole de uísque e comecei a ler.

A leitura não levou mais de cinco minutos. Esvaziei o copo e li mais uma vez.

Recostei-me na poltrona e fiquei pensando, tentando enxergar por outros ângulos, encontrar outras soluções, mas não consegui. Tentei duvidar dos testemunhos da minha mente, também sem êxito.

Estava claro agora. Rein havia sido assassinado.

Assassinado.

Eu já sabia disso havia algum tempo, só faltava confirmar. Mas, agora que tudo estava esclarecido, uma forte sensação de irrealidade se apropriava da minha consciência.

Germund Rein havia sido assassinado.

Por M. Mariam Kadhar. E G.

Eu ainda não sabia quem era G. Todas as quatro cartas eram assinadas por O, o que me pareceu um tanto esquisito. Por um bom tempo essa letra me intrigou. Depois peguei o telefone, que não estava bloqueado para telefonemas locais na área de A., e liguei para Janis Hoorne.

— Quem é G?— perguntei quando ele, sonolento, finalmente atendeu, depois de o telefone tocar diversas vezes.

Levou um tempo até ele conseguir responder, mas, quando o fez, não havia sombra de dúvida.

— Gerlach, é óbvio.

O nome me soou familiar, mas fui obrigado a lhe pedir para ser mais exato.

— Otto Gerlach, o editor de Rein. Você não o conheceu?

Lembro que quase comecei a rir, pois agora todas as peças do quebra-cabeça se encaixavam. O e G. O jogo oculto. A oferta de tradução. A exigência de sigilo. Tudo.

Agradeci a Hoorne e desliguei. Peguei Beatrice no colo, apaguei a luz e fiquei sentado no escuro durante alguns minutos.

Quem diria, pensei.

Eu não devia ter entendido tudo antes?

Logo cheguei à conclusão de que não devia me culpar, pois não faria a menor diferença se eu tivesse sido mais perceptivo.

Realmente não faria a menor diferença.

Dez minutos mais tarde, guardei as cartas atrás dos livros na estante. Antes de dormir, fiquei tentando me lembrar da aparência de Otto Gerlach; eu nunca o havia encontrado pessoalmente, mas ele era um nome muito conhecido no mundo editorial, e eu tinha certeza de ter visto sua fotografia pelo menos uma vez. A única imagem que me veio à mente era a de um homem com um rosto marcado, olhos escuros muito juntos e lábios carnudos. Era difícil entender por que uma mulher como Mariam Kadhar se interessaria por um homem com aquela aparência, mas então me lembrei do que Hoorne dissera sobre a natureza feminina. Além disso, nada indicava que minha memória fosse absolutamente confiável.

Quando adormeci, foi com a sensação de que na verdade não teria tempo para dormir.

Algumas horas mais tarde, me levantei, muito disposto, saí para uma caminhada rápida até a loja de conveniência em Magdeburger Laan e telefonei para Kerr. Ele não atendeu, então acabei ligando para Amundsen.

Expliquei a situação e quase pude ouvir as batidas de seu coração enquanto lhe contava tudo e o ranger de sua cadeira de escritório enquanto ele se remexia de entusiasmo. Quando terminei de falar, tive de contar quase tudo mais uma vez, e em seguida apresentei minhas sugestões.

Ele não precisou de muito tempo para aceitar minhas propostas, e é claro que eu não havia imaginado o contrário. A editora continuaria a financiar minha estadia em A. até o meio de junho. Eu enviaria a eles, imediatamente, a tradução, depois de tirar uma cópia e guardar em lugar seguro.

Depois entraria em contato com a polícia.

Foi nessa ordem que executei minhas tarefas. Somente o trabalho de cópia da tradução levou uma hora em um pequeno escritório da Xerox localizado um pouco mais adiante na Magdeburger Laan. Depois enviei os originais da mesma loja de conveniência de onde havia telefonado. Voltei para casa e coloquei a cópia na estante.

No caminho para a delegacia de polícia, localizada na Utrecht Straat, fiz uma pausa para tomar um uísque em um bar nas redondezas. Nos últimos tempos eu vinha bebendo muito uísque, sentia necessidade de algo mais forte. Tomei minha dose em pé, junto ao balcão do bar, e fiquei pensando na sensualidade de Mariam Kadhar, em seus ombros frágeis e em como seria sua nudez por baixo das roupas. Lembro que estava tudo muito tranquilo no bar, tão calmo que, ao fechar os olhos, não tive a menor dificuldade de imaginar sua figura ao meu lado.

Alguns minutos mais tarde segui para a delegacia, atravessei as portas de vidro, expliquei para uma policial na recepção o que estava fazendo ali e, depois de ter passado por vários policiais, acabei indo contar minha história para um austero investigador que passava um ar de confiança. Eu me recordo de que ele se chamava deBries e tinha um broche do Ajax preso na lapela.

A esse policial capacitado eu entreguei, em troca de um recibo — algo para o qual Amundsen havia dado muita importância —, o manuscrito original de Rein e as quatro cartas. Quando saí para a Utrecht Straat novamente, bem mais tarde, foi com a esperança de que uma das razões de eu ter ido para A. estivesse esclarecida e encerrada, me liberando para me dedicar à outra de agora em diante.

Confesso que minhas preces também foram atendidas no que diz respeito a esse assunto.

II

Pelo terceiro dia consecutivo, acordo muito cedo. Vou para a varanda e observo os dois filhos corpulentos do sr. Kazantsakis largarem a rede de pesca nas águas cintilantes.

Não passa de um ritual, assim como muitos dos trabalhos neste lugar. Eles costumam deixar as redes na água durante três ou quatro horas, voltam à tarde e, se queixando e encolhendo os ombros, mostram sua pesca acanhada para os turistas. Apanham normalmente uma dúzia de pequenos salmonetes, que um sujeito com sorte e se mantendo à frente da fila poderá degustar no almoço no restaurante, fritos com escamas e barbatanas, sem sal, temperos ou muita criatividade.

Thalatta, penso comigo e volto para a escuridão do meu quarto. Procuro caderno, caneta, cigarros e a garrafa de água. Saio novamente e me acomodo na cadeira para começar a escrever. São seis e vinte da manhã. O frescor da noite ainda está presente, e assim continuará por mais uma meia hora. A varanda está na sombra, e essa é a única hora do dia em que posso ficar ali trabalhando.

Esta ilha é de uma beleza estonteante. Por essa razão, também espero poder confiar na palavra de Henderson de que este seja o lugar certo. De qualquer maneira, pretendo passar o mês todo aqui e não deixar nada escapar.

Fico pensando em Henderson e em suas fotografias fora de foco, penso no mar, nas montanhas e nas oliveiras. Acendo um cigarro e começo a escrever.

Foi no dia 3 de abril que Mariam Kadhar e Otto Gerlach foram presos. Ouvi nas notícias no rádio, que acabara de ligar, enquanto estava na pequena cozinha fazendo o café da manhã.

Eu já sabia que isso estava para acontecer, mas ouvir a notícia dada pelo radialista me fez estremecer. Como se somente agora tivesse se tornado real, e era assim de certa forma. Até aquela manhã nada havia sido divulgado pela imprensa; a polícia vinha trabalhando no caso havia duas semanas, em sigilo absoluto. Não sei se por acaso ou se tinham se empenhado para que tudo permanecesse em segredo.

Agora, no entanto, o caso vinha a conhecimento público. Uma hora mais tarde, quando eu estava na estação central para pegar o trem para Wassingen, parecia que tudo girava em torno da notícia. Fotografias dos três — Rein, Mariam Kadhar e Otto Gerlach — estampavam a primeira página de todos os jornais, e me lembro de ter a sensação de estar em um filme, cujo diretor, sem avisar ninguém, havia decidido dar o golpe de misericórdia na própria plateia, ou seja, uma reviravolta inesperada, fazendo o público se perder no tempo e espaço.

É nesse momento que decidimos se vamos embora da sala de cinema ou se vale a pena assistir à história até o fim.

Quando entrei no trem e este começou a se locomover, senti um grande alívio por sair da cidade.

Esta era minha segunda visita a Wassingen, no mesmo dia em que M e G foram expostos publicamente, e fazia um mês que tinha ido até lá da primeira vez. Depois que entreguei o manuscrito de Rein, passei algumas noites apáticas no Nieuwe Halle e no Concertgebouw, mas claro que não vi nem a sombra de Ewa. Tampouco elaborei algum plano, enquanto bebia cerveja e fumava no Vlissingen ou nos outros bares. Tinha brincado com a ideia de pedir para a polícia procurá-la, mas, quando estava sóbrio, à luz do dia, sabia que deveria desistir dessa tolice.

Algum tempo depois resolvi fazer uma nova tentativa em Wassingen, mas, se estava apenas me iludindo que o resultado da busca seria positivo, não posso dizer. Honestamente, nunca acreditei de verdade que o colaborador de Maertens tivesse visto Ewa naquele dia no fim de fevereiro. Aliás, eu não duvidava de que não existisse nenhum colaborador e tudo não passasse de invenção do detetive para me mostrar que estava sendo produtivo. Eu sabia que Wassingen não me oferecia muitas possibilidades, mas era melhor que nada.

Eu havia chegado a um ponto, entre o fim de março e o início de abril, em que a procura por Ewa era o objetivo principal. Às vezes eu achava que nunca iria encontrá-la, mas continuar vivendo sem fazer tudo o que eu podia para ter notícias dela era impossível para mim.

Pelo menos na época era assim que eu me sentia.

Além disso, eu tinha tempo, pois até o meio de junho meu sustento estava garantido. Eu estava sem trabalho e sem obrigações. Cada dia era uma página em branco.

Então, por que não iria procurá-la?

O mesmo barman corpulento estava trabalhando no bar e me serviu o uísque com aquele seu charme arrogante, típico do Leste Europeu. Esvaziei o copo em apenas um gole e fui para a praça. O vento estava forte como da outra vez, mas consideravelmente mais quente. Na sorveteria italiana já haviam inclusive arranjado mesas e cadeiras do lado de fora, apesar de que levaria ainda um mês para que alguém tivesse vontade de se sentar ao ar livre.

Não havia muita gente na rua, era início de tarde, e, apesar de existir um grande número de desempregados e pessoas em licença médica em um lugar como aquele, eu sabia que ainda levaria algumas horas para que houvesse maior movimentação.

Passei sob a arcada e cheguei ao número 36, o prédio de Ewa.

O prédio de Ewa? Acendi um cigarro e fiquei ali parado olhando para o edifício, que tinha dezesseis andares. Era uma construção marrom-acinzentada, com a fachada manchada por infiltrações, uma infinidade de janelas e sacadas minúsculas.

Suspirei e dei duas tragadas no cigarro. Uma sensação de insatisfação e falta de sentido, talvez temperada com grãos de incoerência, começou a tomar conta de mim, mas de repente o sol apareceu entre as nuvens, me ofuscando por um momento e quase me fazendo perder o equilíbrio. Fechei os olhos e me recuperei. Comecei a pensar novamente no concerto para violino de Beethoven, na tosse e em todos os outros acontecimentos que me levaram até um prédio de apartamentos alugados em um subúrbio de A. Logo percebi que deveria evitar esse tipo de pensamento se quisesse ter sucesso em minha missão.

Em seguida, apaguei o cigarro e entrei no prédio. Parei em frente ao quadro com o nome dos inquilinos e copiei todos os setenta e dois em meu caderno. A tarefa levou alguns minutos, é óbvio, e duas imigrantes acompanhadas de crianças sujas entraram no prédio e me olharam com suspeita quando passaram por mim.

Voltei ao centro e ao café onde tinha estado da outra vez. Mostrei algumas fotografias para a moça do caixa; ela foi muito gentil e olhou para elas com bastante atenção, mas acabou por sacudir a cabeça, dizendo que não reconhecia aquela pessoa.

Agradeci e comprei um café. Durante as horas que se seguiram, mostrei as fotografias para mais umas vinte pessoas, tanto no centro como na entrada do prédio de Ewa, mas o resultado foi negativo, como eu já esperava.

Nada.

Eu tinha decidido passar um total de dez dias úteis em Wassingen investigando o paradeiro de Ewa e, para não esgotar todas as possibilidades já no primeiro dia, resolvi apanhar o trem de volta para A., que saía da estação às 16h28.

Na estação central, comprei três jornais e, me sentindo bem equipado, fui jantar no Planner's e ler sobre o assassinato de Germund Rein.

A notícia tinha caído como uma bomba, sem sombra de dúvida, e não se sabia como lidar com ela. A polícia havia divulgado um pequeno comunicado, mas pelo jeito o conteúdo deixava muito a desejar, e outros pronunciamentos não haviam sido feitos. O que se sabia no meio jornalístico era que Mariam Kadhar e Otto Gerlach tinham sido presos, com fortes evidências de terem assassinado Germund Rein. Isso era tudo.

O resto eram especulações.

Sobre a história de amor, o triângulo amoroso, como alguém havia dito. Sobre o que acontecera no Jardim das Cerejeiras durante aqueles dias sombrios de novembro. Sobre a carta de suicídio.

Sobre o que poderia ter levado a polícia até eles.

A polícia não havia deixado escapar nada que não fosse apenas suposição, e as teorias apresentadas pelos jornais que eu lera tinham pouca relação com a realidade.

Era de conhecimento público que M e G tinham um relacionamento, e esse era o ponto de partida. Existiam inúmeras fotos dos dois, mas não consegui encontrar uma única em que eles estivessem juntos, o que achei um tanto estranho. Concluí que eles deviam ter feito o máximo possível para esconder o romance do restante do mundo.

E tinham conseguido, aparentemente, pois nenhum jornalista que cobrira o caso tinha escrito sobre isso, nem antes, nem depois da morte de Rein.

A notícia era uma bomba, como eu já disse, e ninguém havia sentido o cheiro de estopim que queimava.

Enquanto eu tomava meu café, analisava as diversas fotografias de Otto Gerlach mais de perto. Comparando com a imagem dele que eu tinha na memória, devo salientar que ele saíra com vantagem nos jornais. Concluí que, assim como Mariam Kadhar, ele também devia ser muito mais jovem que Rein, e, mesmo sendo difícil aceitar que uma mulher como ela precisasse daquele tipo de homem, para mim era ainda mais difícil entender que vantagem ela tivera se casando com Rein. Pensei em seus ombros delicados novamente, vi seu rosto e olhos escuros, suas narinas estreitas. De repente me dei conta de que, em outras circunstâncias, também poderia me apaixonar por ela.

Somente em outras circunstâncias, quero deixar bem claro.

Depois de sair do Planner's, parei na loja de conveniência na Falckstraat e comprei dois catálogos telefônicos de A., e mais tarde passei grande parte da noite procurando os números dos setenta e dois inquilinos do prédio em Wassingen.

Nada menos que cinquenta e nove estavam registrados, o que era uma cifra muito maior do que eu havia imaginado; talvez fosse um bom sinal quando tudo viesse à tona. Na pior das hipóteses, me manteria ocupado por um bom tempo, e eu até me sentia agradecido por isso.

Era difícil encontrar uma tábua de salvação naquela época, e eu compreendi que deveria aceitar todas as oportunidades que aparecessem. Foi também naquela noite que Beatrice resolveu fugir. Quando fui buscá-la, na varanda que dava para o jardim interno, um pouco antes de ir me deitar, não havia nem sinal dela por lá. Como ela saiu da varanda e que planos tinha eram questionamentos que eu não poderia responder durante os próximos dias, mas, depois de mal ter se passado uma semana, eu a encontrei sentada lá fora olhando para os pombos. Compreendi que ela havia estado em uma dobra da realidade, em um lugar a que nenhum humano tinha acesso.

Eu talvez sentisse certa inveja dela. Sei que agora nutria um grande respeito pela gata.

Gallis Kazantsakis havia chamado minha atenção para a capela pertencente à família, que ficava no cume da montanha. Diziam que havia trezentas e sessenta parecidas, pequenos santuários caiados de branco espalhados por toda a ilha. Cada família tinha a sua, o mais perto possível do céu e de difícil acesso.

Saí bem antes de o sol nascer e, depois de uma caminhada sob o calor que levou uma hora e quinze minutos, consegui chegar ao meu objetivo. Entrei na capela, acendi uma vela no altar minúsculo e me sentei na estreita faixa de sombra no lado oeste. Toda a ilha estava em meu campo de visão, os íngremes penhascos ao sul e a oeste, a costa mais acessível a leste e a norte. Reparei na existência de pequenas praias protegidas, além do vilarejo, que eu nunca tinha visto. Uma ou outra casa isolada, aonde só era possível chegar de barco, já que o caminho por terra terminava nas proximidades do Hotel Phraxos, no extremo leste da praia. Decidi investigar quem eram os proprietários dessas casas isoladas que se espalhavam pela ilha. Era provável que, em um desses lugares escondidos, eu encontrasse o que me havia trazido até a ilha.

Fiquei pensando sobre o tempo também, mais especificamente sobre o conceito de tempo. Mais de três anos tinham se passado desde os acontecimentos em A., mas, ao admirar a paisagem exorbitante naquela manhã, o tempo parecia ter encolhido e se transformado em nada. A distância e o passado haviam se fundido, enfatizando a fragilidade de minha situação atual, constituída no momento pela minha mochila com provisões e pelo meu corpo suado encostado nas paredes caiadas de branco. O céu, as montanhas e o mar, que já começavam a perder seus contornos à luz do sol, eram todos eternos e imutáveis.

Um ponto no tempo e no espaço, desaparecendo de acordo com sua própria vontade, assim como o zurro dos jumentos que passavam pelo bosque de oliveiras no vilarejo. "A presença paralela de todos os fluxos de tempo", como Zimjonovitj escreveu; não eram sensações inesperadas que me acometiam, talvez fosse outra coisa. Como de costume, eu tinha dificuldade com as palavras e, quando outro jumento se lamentou, zurrando, me senti apenas cansado e suado e comecei a me preparar para a volta. Eu tinha guardado uma das garrafas de água para a descida, acendi um cigarro e apanhei meu caderno, para ler o que havia escrito à luz da lamparina na noite anterior.

E o tempo continuou a encolher.

Minha maior esperança, quando comecei a telefonar para os números da lista que havia feito, era ouvir a voz de Ewa do outro lado da linha. Era essa presunção que me levava adiante, e, durante a semana que se passou, consegui ligar para cinquenta e sete dos cinquenta e nove. Trinta e nove dos telefonemas foram atendidos por mulheres e dezoito por homens, o que veio a confirmar que mulheres falam mais ao telefone que nós, homens. Minha tática era simples: eu pedia para falar com Ewa, explicava que era um velho conhecido dela e depois tentava adivinhar, pelas respostas e hesitações, se havia algo de suspeito ali.

Para sistematizar melhor, eu havia elaborado uma escala de avaliações: logo depois do telefonema, marcava um sinal negativo junto ao nome da pessoa se achasse que ela estava fora de cogitação, ou fazia um sinal positivo se houvesse algo que me desse esperança. Em alguns casos, marquei dois sinais positivos, quando achei que a pessoa parecia nervosa ou algo do gênero.

Duas das mulheres que atenderam se chamavam realmente Ewa, e nos dois casos houve certa confusão antes de se esclarecer que não passava de um mal-entendido, assim como aconteceu com um senhor de nome Weivers, que, após grande hesitação, foi chamar a filha adolescente para falar comigo. Depois do último telefonema, quando fui analisar minhas anotações, reparei que havia feito quarenta e dois sinais negativos, treze positivos e apenas dois duplos positivos.

Eu sabia que o método não era seguro, dando margem a grande quantidade de erros, mas resolvi que iria me concentrar nos dois com duplo positivo — um deles um tal Laurids Reisin, e o outro alguém de nome N. Chomowska —, além dos treze inquilinos com os quais eu não tinha conseguido entrar em contato. O método, a fidelidade ao sistema, é algo extremamente necessário em um mundo holístico, como Rimley defende em seu livro sobre o ser e a percepção, e eu achava certo me apoiar nesses ensinamentos.

Escrevi os quinze nomes em outra página do caderno e, na segunda-feira depois da prisão de Mariam Kadhar e Otto Gerlach, peguei o trem novamente para Wassingen, me sentindo cheio de esperança. Era o sexto dia em que eu me ocupava das pistas em Wassingen, e, como havia decidido que me dedicaria àquilo por dez dias, constatei que tinha chegado ao meio do caminho em minhas investigações. Decidi passar a semana útil inteira no subúrbio, todos os dias da manhã até o anoitecer; se não desse resultado, eu pelo menos poderia sentir que havia feito tudo o que estava ao meu alcance. Além disso, estaria com a consciência tranquila no fim de semana para tentar achar outras soluções.

Minha primeira atitude foi bater nas portas. Apesar de estarmos no meio do dia, havia gente em casa em dez dos quinze apartamentos, ou seja, minha teoria sobre desempregados estava correta. Quando alguém abria a porta, eu pedia para falar com Ewa e, com as respostas negativas ou as tentativas de fechar a porta na minha cara, eu rapidamente entrava no hall do apartamento e mostrava uma das fotografias de Ewa. Explicava que era um detetive particular e estava procurando a mulher da fotografia, para o bem dela. Havia o risco de que o tal colaborador de Maertens já houvesse feito isso umas seis ou sete semanas antes, mas, pela reação das pessoas, percebi que não tinha sido dessa maneira. Minha confiança em Maertens nunca fora tão baixa como naquele dia.

Em alguns casos até dei a entender, sem dar certeza, que haveria uma espécie de recompensa, mas foi somente quando encontrei o sr. Kaunis, um homem de idade malcheiroso, que meu plano funcionou um pouco. Infelizmente, era óbvio que ele só via a possibilidade de ganhar um dinheiro fácil para sua dose diária de estimulantes. Tanto o apartamento quanto seu proprietário se encontravam em péssimas condições. Dei algum dinheiro a ele e saí de lá um tanto desanimado.

Quando concluí a operação, constatei que não tinha feito nenhuma evolução e estava de volta à estaca zero. Ninguém tinha demonstrado reconhecer as fotografias de Ewa. Ninguém a conhecia nem a tinha visto no prédio, muito menos no bairro.

Lembro que por um instante a superfície verde e impenetrável do reservatório de Lauern piscou em minha mente. Foi a primeira vez em muito tempo, mas a lembrança veio com intensidade.

Entrei no café, tomei duas cervejas e risquei os nomes da lista. Em seguida perdi a vontade de voltar a fazer minhas investigações, ainda mais que uma chuva forte tinha começado a cair. Enquanto fumava e folheava meu caderno de anotações patéticas, comecei a sentir um grande desânimo tomar conta de mim. A necessidade de ficar só, longe de olhares e palavras, crescia sem parar, não sendo o estado de espírito adequado à missão que eu tinha assumido.

Ao mesmo tempo, eu sabia que havia chegado a um ponto em que simplesmente não tinha mais vontade de confrontar as pessoas. Além disso, era óbvio que eu estava começando a ficar conhecido no prédio de apartamentos; mesmo que a maioria só houvesse escutado minha voz pelo telefone, era algo que logo poderia ser questionado pelas pessoas. Se Ewa realmente morasse lá — eu não tinha nem coragem de pensar em quão ínfima considerava essa possibilidade —, era provável que minha curiosidade já tivesse chegado ao conhecimento dela. Talvez as chances de me aproximar só ficassem menores por causa da maneira como eu estava agindo.

Foi a essa conclusão que cheguei enquanto estava no café. Em seguida comecei a refletir sobre todas as chances que devia ter estragado com meus telefonemas desajeitados e as visitas aos apartamentos. Resolvi que estava na hora de ser mais discreto.

O ideal seria encontrar um lugar tranquilo para vigiar a entrada do prédio e as pessoas que entravam e saíam. Não demorou muito para que eu encontrasse a solução para esse problema.

Eu precisava de um carro, pois não há lugar melhor para ficar observando do que dentro de um carro estacionado. Era impensável ficar sentado em um banco na chuva, lendo um jornal ou um livro, durante oito horas por dia.

Terminei a cerveja e me virei para a moça do bar. Acho que eu havia despertado seu instinto materno, porque, assim que perguntei se conhecia um lugar onde eu pudesse alugar um carro barato, ela ofereceu ajuda imediatamente. Apanhou um bloco de seu avental e anotou o endereço do posto de gasolina que ficava a cinco minutos de caminhada do centro comercial. Ela me orientou a dizer que havia sido recomendado por Christa, e talvez me dessem um desconto.

Agradeci e me pus a caminho. Meia hora mais tarde, tinha pagado quatro dias de aluguel adiantado por um duvidoso Peugeot corroído pela ferrugem. Eu me lembro de pensar que o preço que cobraram devia regular com o valor total do carro.

Em todo caso, o veículo funcionava. Por volta das quatro da tarde do mesmo dia, estacionei em frente ao meu prédio na Ferdinand Bolstraat e, no dia seguinte, dei início à espionagem no edifício número 36D naquele centro negligenciado em Wassingen.

Passei três dias lá, sem nada acontecer. Mal escondido atrás de um jornal, com o rádio fazendo ruídos, cigarros e uma dose de uísque como únicas companhias. Minha posição era a ideal; não tive problemas para encontrar um lugar para estacionar a quinze ou vinte metros de distância da entrada. Era um ponto de onde eu tinha absoluto controle de todos que entravam e saíam. Eu ia fazendo anotações, principalmente para me manter desperto, mas foi ali que um detalhe me chamou a atenção, algo que eu ainda não havia levado em consideração.

Tudo foi esclarecido por uma pessoa que eu chamava de H6 em minhas anotações, o que significava "homem número 6". Eu havia feito uma descrição rudimentar dele: aproximadamente sessenta anos, feio, chapéu de feltro, marido levado em rédea curta, mais para diferenciá-lo dos outros. O que aconteceu no fim da tarde daquela quinta-feira foi que H6 passou por mim e entrou no prédio duas vezes seguidas com apenas uma hora de intervalo, mas sem ter saído do prédio uma única vez.

Considerando que só havia uma porta e eu duvidava de que o tal senhor houvesse escorregado por uma corda da varanda nos fundos, fiquei bastante confuso com algo tão irracional e misterioso.

Em seguida matei a charada: só podia haver uma garagem no subsolo do prédio.

Dei a volta ao redor do edifício, procurando pela entrada e saída da garagem; assim que encontrei, senti muita vergonha de mim mesmo. Decidi na mesma hora que trocaria de lugar no dia seguinte.

Mesmo que fosse apenas para mudar de ares.

Foi graças a essa circunstância, a pequena mudança de posto de observação junto ao edifício número 36 no centro de Wassingen, que o caldo não entornou.

A procura pela minha esposa desaparecida teve, finalmente, um avanço desde minha chegada a A., mais de três meses antes. Tenho a sensação de que seria ainda mais difícil continuar me esforçando tanto para encontrá-la se permanecesse mais uma semana sem progresso algum.

Tinham se passado alguns minutos das cinco da tarde. A chuva insistente havia feito uma pausa e eu estava com o vidro do carro aberto, fumando um cigarro. A porta da garagem se abriu e de lá saiu um Mazda azul-escuro, subindo a rampa estreita vagarosamente. Assim que o carro passou por mim, a um metro de distância, o motorista virou a cabeça em minha direção para ver se o caminho estava livre, como tantos outros tinham feito durante o dia. Não nos encaramos, mas reparei e não tive dúvida de que reconhecia aquele rosto. Era o homem que havia me seguido.

Por um instante não consegui identificá-lo, mas então as lembranças vieram à tona: ele tinha me seguido pelo Deijkstraakvarteren, havia sentado atrás de mim na biblioteca, ficara olhando as águas do Reguliergracht. Liguei o carro, dei marcha à ré e fui na mesma direção por onde ele havia desaparecido.

Minhas têmporas pulsavam, tenho de confessar.

Sempre tive dificuldade para apreciar as cenas de perseguição de carro nos filmes, e a tentativa de seguir o Mazda azul naquela tarde cinzenta em Wassingen não mudou em nada minha opinião.

Em menos de um minuto eu já o havia perdido de vista. Vi o carro desaparecer na estrada que leva para A., enquanto eu ficava preso entre um caminhão e um elegante Mercedes, aguardando o sinal verde. Xinguei e bati no volante, fumando freneticamente, mas nada ajudou. Quando o sinal finalmente abriu, fui na mesma direção que ele, é claro, mas meu Peugeot não estava na melhor forma naquele dia, e logo percebi que meu esforço tinha sido em vão.

Já que eu estava no caminho certo, continuei pela estrada, e foi com certo sentimento de euforia que cheguei ao Vlissingen, uma hora mais tarde.

Horas depois, lá pela meia-noite, voltei para meu apartamento. Na escada encontrei uma carta, que já devia estar ali, mas eu não tinha visto. Abri o envelope assim que entrei em casa. A carta era do Ministério Público, me convocando a testemunhar no tribunal no dia seguinte.

A acusação contra Mariam Kadhar e Otto Gerlach havia sido formalizada no dia anterior, e pelo jeito o julgamento aconteceria dentro de um mês.

Bebi mais uísque, apesar de já estar sentindo a tontura típica. Fui até a janela e fiquei observando as pessoas que iam e vinham lá fora, o bonde passar sacudindo e as fachadas imutáveis dos prédios. Fiquei pensando no meu dia e vagamente sobre a densidade variável do tempo... como alguns momentos passam despercebidos por nós, completamente vazios de significados e acontecimentos, até que de repente nos vemos jogados em uma roda-viva plena de significado, em que acontecimentos atraem outros acontecimentos, seguindo as mesmas leis válidas para todo tipo de magnetismo.

Eu achava que esses vazios e essa densidade de tempo deviam ser o equivalente à rota desolada dos meteoros e corpos celestes através do espaço, essas navegações sombrias.

Se fosse para comparar com algo, seria com pensamentos vagos.

Foi na manhã seguinte que ouvi Beatrice miando lá fora na varanda.

K err trajava um terno novo, e, na discreta mas indiscutível qualidade daquela roupa, ficava evidente sua posição dentro da editora. Ele tinha vindo no voo da manhã e não pretendia passar a noite na cidade, apenas algumas horas para tomar certas providências — assim ele explicara seu propósito com a visita no telefonema da noite anterior.

Fomos ao Ten Bosch, um dos restaurantes mais caros da cidade, e Kerr pediu, sem a menor preocupação, d'Yquem e Lafite. Eu me esforcei muito para apreciar o caviar e o magret de pato morno, mas não era nem uma da tarde e eu realmente tinha dificuldade para almoçar tão cedo.

Ele queria falar sobre o livro, é claro. Depois de um rápido processo de produção, já estava pronto para ser impresso. Kerr tinha consigo uma prova, que eu não precisava me incomodar em ler, pois a revisão já tinha sido feita, ele explicou. Faltava somente uma coisa.

O título.

O manuscrito de Rein não tinha título; eu havia observado isso já no início, enquanto fazia a tradução, depois não dei mais importância a esse detalhe. Por experiência própria, eu sabia que Rein muitas vezes ficava em dúvida quanto ao título de suas obras, costumava trocar duas ou três vezes até se sentir satisfeito.

Agora a situação era diferente, pois os próprios editores seriam obrigados a definir o título, e, já que era eu quem estava mais inteirado do texto, esperavam que desse uma sugestão. Era o mais certo a fazer, declarou Kerr, generosamente.

Deixei o d'Yquem escorrer sobre a língua.

— *Rein* — eu disse.

Kerr assentiu animadamente.

— O título deve ser *Rein* — esclareci.

— Somente *Rein*?

— Sim.

Ele pensou um pouco.

— Sim, me parece muito bom — disse.

— Como vão fazer com os direitos autorais? — perguntei — Royalties e tudo o mais?

— Será um problema — ele reconheceu. — Mas nós temos a carta dele, e nossos advogados já deram uma olhada. Assim que publicarmos o livro, vamos entrar em contato com a viúva, mas acho que podemos reivindicar os direitos ao manuscrito original. Você sabe quando começa o julgamento?

— Na primeira semana de maio.

— Você vai testemunhar?

Fiz que sim com a cabeça. Ele limpou a boca com o pesado guardanapo de linho. Hesitou por um instante.

— O que você acha?

— Como assim?

— Foram eles? Claro que deve ter sido, mas como eles reagiram?

— Eu não encontrei nenhum dos dois.

— Não, não... Mas será que vão confessar ou se defender?

Sacudi os ombros.

— Não tenho ideia.

— Você... não ouviu nada?

— Não.
— Hum. Mariam Kadhar é uma mulher linda, não é?
Não respondi.
— Só a vi algumas vezes... no Walker e no ano passado em Nice, mas não há como não perceber que ela é um puro-sangue.
A comparação de Kerr não era das melhores.
— Talvez — respondi.
Ele hesitou novamente.
— Você entendeu do que se trata? O livro, quero dizer. Me pareceu meio incompreensível... mas isso não precisa ser considerado uma desvantagem.
— Nem tudo precisa ser facilmente acessível.
— Não, ainda bem. O que eu estava pensando é que talvez existam mais mensagens ocultas, além daquelas... mais simples. É possível esconder muita coisa em um texto... alegorias, como em Borges e leClerque, por exemplo. Códigos... não sei se você pensou nisso.
Balancei a cabeça.
— Acho que não — eu disse. — Ele não tinha tempo de ser tão sofisticado, pois escreveu tudo em uns dois meses... e os sinais de socorro que ele mandou não são nada sutis. Não é mesmo?
Kerr concordou comigo.
— Acho que você tem razão. De qualquer forma, vamos fazer o anúncio amanhã. Amundsen marcou uma pequena coletiva de imprensa. Como você quer fazer?
— Como eu quero fazer?
— Sim, você compreende que é o personagem principal agora, afinal foi você quem traduziu o livro e fez os dois serem presos. Você vai ser alvo dos jornalistas, nós achamos que já estivesse preparado para isso...
É claro que eu já deveria estar preparado, mas meu cotidiano no anonimato na Ferdinand Bol havia me dado uma falsa ilu-

são de segurança. Nas semanas anteriores, toda a minha energia estava voltada para a pista em Wassingen e a procura por Ewa; além disso, eu vivia a vida mais em um nicho da realidade do que em sua plenitude.

Fiquei calado por um momento, refletindo.

— Talvez não seja má ideia uma pequena entrevista — Kerr falou e serviu mais vinho. — Seria exclusiva, claro, somente para os jornais certos. Você pode decidir, mas, se mandarmos alguns rapazes... Rittmer e um fotógrafo, talvez, poderíamos fazer do nosso jeito, mantendo o controle, como Amundsen costuma dizer.

Devo confessar que quase admirava Kerr pela facilidade com que ele apresentava tudo aquilo e pela precisão com que ele e Amundsen administravam a realidade econômica. A questão era se uma reportagem comigo — considerando os acontecimentos atuais e o julgamento que se aproximava — seria rentável a ponto de eu poder me sustentar sozinho em A. Já havia uma enorme especulação em torno do caso Rein, e a tendência era aumentar nas próximas semanas.

Havia escassez de notícias antes de o julgamento começar, e percebi que, apesar de tudo, eu tinha de fato muita informação sobre o caso. Tomei mais um pouco de vinho.

— Não, muito obrigado — respondi. — Prefiro ficar no meu canto.

Kerr me observou em silêncio durante alguns segundos, e acho que entendeu que estava em um beco sem saída.

— Por que você ainda está aqui? — ele perguntou.

— Tenho minhas razões.

— É mesmo? Bom, faça como quiser. Quem sabe onde você está morando?

— Ninguém — respondi. — Sou uma espécie de lobo solitário, achei que você soubesse disso.

— Ninguém mesmo?
Pensei melhor.
— A polícia e o promotor — eu disse. — Além de Janis Hoorne.
— Hoorne?
— Sim.
— Ele é confiável?
— Se eu pedir para ele não falar nada.
Ele acenou com a cabeça.
— Tudo bem. Vamos deixar assim, mas você sabe que vão perseguir você assim que o julgamento começar.
Sim, eu sabia disso também, mas ainda faltavam três semanas até que tudo começasse, e, se fosse possível continuar no anonimato, eu continuaria.
Passamos por alguns bares depois do jantar, Kerr e eu. Quando o acompanhei até um táxi em Rembrandt Plein, ele estava um tanto embriagado e de bom humor. A última coisa que me prometeu foi enviar uma pequena gratificação como agradecimento pelos meus serviços, e concluí que era para firmar o nosso acordo de cavalheiros.
Se eu não pretendia dar entrevistas e me vender para meus editores, tampouco faria isso por qualquer outra pessoa.
Era o mais correto e justo a fazer.
A segunda tentativa de seguir o carro foi bem melhor que a primeira. Eu já estava posicionado nos fundos do prédio 36D na segunda-feira, às seis da manhã, e tinha alugado outro veículo. Dessa vez era um novo e mais rápido, um pequeno Renault. Não precisei esperar mais de quarenta e cinco minutos até vê-lo sair da garagem.
Eu tinha me disfarçado dessa vez, usava óculos e tinha comprado uma barba postiça acobreada ridícula em uma loja de fantasias na Albert Cuypstraat. Consegui me posicionar ime-

diatamente atrás do outro carro, e, assim como na última vez, ele fez a volta no centro comercial e pegou à direita para entrar na estrada para A. Enquanto aguardávamos o sinal verde no grande cruzamento, anotei a placa do carro; eu não sabia se era possível descobrir o nome do proprietário dessa maneira, mas de qualquer forma tinha tudo por escrito agora.

A viagem para A. foi em alta velocidade, mas não tive dificuldade para acompanhá-lo. O trânsito ainda estava tranquilo, e deixei que ele avançasse uma centena de metros à minha frente, sem risco de perdê-lo de vista. Na saída 4 depois da rotatória, ele foi em direção ao centro, seguindo pela Alexanderlaan, depois pela Prinzengracht até o Parque Vollerim, onde pegou à direita na Kreutzerstraat e finalmente estacionou em uma rua estreita chamada Palitzerstraat. Aguardei a uns trinta metros de distância, vi o homem sair do carro, trancá-lo e atravessar a rua, entrando em um prédio comercial do outro lado.

Esperei alguns minutos, encontrei uma vaga para estacionar logo depois da esquina e fui andando até a entrada do prédio. Constatei que a porta estava aberta e entrei. Em um quadro à esquerda havia a lista das empresas e seus respectivos andares.

Os dois primeiros andares eram destinados a uma seguradora, pelo que entendi. No terceiro havia diversas firmas, provavelmente importadoras, e o quarto e último andar era ocupado pela revista *Hermes* — acho que eu já tinha ouvido falar, mas não sabia especificar bem. Anotei os nomes e fiquei pensando um pouco, enquanto três ou quatro pessoas passaram por mim no hall de entrada. Saí para a rua novamente, encontrei uma cafeteria na esquina onde tinha estacionado o carro, entrei e me acomodei junto à janela com uma xícara de café.

Eram oito e quinze. De onde eu estava, não tinha como vigiar o Mazda azul nem a entrada do prédio comercial, mas achei que isso era o menos importante no momento.

Aliás, não tinha importância alguma, pois eu sabia onde encontrá-lo. O homem morava no edifício número 36 em Wassingen e trabalhava na Palitzerstraat. Eu não tinha certeza absoluta sobre o trabalho, mas era o que parecia ser. Para me certificar se era lá mesmo que ele trabalhava, bastava dar uma olhada se o carro ainda estava estacionado no mesmo lugar algumas vezes no dia. Talvez fosse bom fazer um acompanhamento durante a semana, e, se ficasse evidente que ele estacionava naquele local apenas ocasionalmente, era só voltar ao subúrbio e vigiar a garagem novamente. Mais complicado que isso não era.

Meu perseguidor não escaparia de mim novamente, eu tinha certeza disso. Provavelmente eu também conseguiria descobrir seu nome sem maiores dificuldades. Ele já devia estar em alguma das minhas listas, apesar de eu não tê-lo encontrado durante minhas visitas de porta em porta, mas talvez houvesse falado com ele por telefone.

Meu perseguidor já não me interessava como antes, concluí, enquanto bebericava meu café e fingia ler os jornais espalhados sobre a mesa. O que precisava ser esclarecido era sua relação com Ewa, e eu já tivera bastante tempo para pensar no assunto. No fim de semana anterior, eu havia descartado algumas ideias bizarras e possibilidades que ruminara durante um tempo.

Maertens tinha razão: Ewa estivera mesmo naquele dia em Wassingen, quando o colaborador dele a vira. Ela entrara no edifício de número 36 com o objetivo de visitar meu perseguidor; não que morasse lá, o que agora era óbvio, mas deve ter sido por iniciativa dela que ele passou a me seguir naqueles dias de fevereiro e início de março. Não tinha relação alguma com Rein ou Mariam Kadhar. Ewa havia pedido que ele ficasse de olho em mim, porque tinha me visto.

O que provavelmente foi mero acaso.

Deve ter sido em algum lugar em A., talvez em um café, ou na rua, ou ainda em uma loja enquanto eu fazia compras. Não era nada de excepcional. Eu vinha procurando minha esposa desaparecida, mas ela me vira primeiro. O objeto se transformou em sujeito; a caça tomou o lugar do caçador.

Naturalmente ela deve ter ficado curiosa quando descobriu minha presença, e o normal seria tentar descobrir o que eu estava fazendo em A. Será que minha presença tinha algo a ver com ela, ou eu estaria ali por outros motivos?

O que seu ex-marido estaria fazendo na cidade, ele que três anos e meio antes havia tentado matá-la e talvez achasse que tinha conseguido?

Fácil de responder.

A solução dela foi contratar alguém para protegê-la.

Seria um amigo? Um colega de trabalho? Um conhecido em quem ela confiava?

Enquanto estava naquele café ainda vazio, analisei logicamente a situação mais uma vez e concluí que estava certo. Ewa e meu perseguidor estavam conectados, disso eu não tinha dúvida, e foi então que percebi que a solução estava bem na minha frente. Ele me levaria até ela.

Mais cedo ou mais tarde. Contra a vontade ou não. Mas era inevitável.

Esse desfecho continha uma grande dose de esperança; eu sabia que tinha de jogar corretamente agora, e então aquele questionamento se impregnou em minha mente, exigindo minha atenção e concentração.

Como eu faria? Qual era a jogada correta?

Malditas decisões a tomar o tempo todo. Maldito tempo tão vasto! Lembro de ter pensado algo do gênero.

Sei que havia a possibilidade de dar um passo incerto, mas o mais importante era não ser descoberto. Eu tinha de ser discreto, não deixar minha sombra saber que eu o estava seguindo agora. Se mais adiante fosse necessário colocá-lo contra a parede, eu teria de fazer isso com segurança e efetividade, sob as minhas condições e não as dele ou as dela.

Talvez eu precisasse de uma arma também.

Mas por enquanto ficaria tudo na discrição. Quando eu já havia ido longe em minhas reflexões, saí do café. Tive a sorte de encontrar uma vaga para estacionar do outro lado da rua do prédio comercial, em uma posição em que podia ver as pessoas entrando e saindo.

Foi ali que passei o restante do dia. As pessoas iam e vinham, homens e mulheres em número praticamente igual. Durante a hora do almoço, entre meio-dia e duas da tarde, o trânsito foi intenso. A maioria das pessoas ia somente até o pequeno restaurante no quarteirão, bem na esquina atrás de onde eu estava, mas outras iam mais longe. Alguns saíram de carro. Minha sombra apareceu ao meio-dia e quinze, com outro homem e uma mulher bem mais jovem. Eles sumiram virando a esquina em direção ao café e retornaram alguns minutos depois da uma e meia da tarde. Às cinco e meia ele saiu do prédio novamente. Foi direto para o Mazda e pegou o caminho em direção a Wassingen. Eu o segui a certa distância e, assim que percebi para onde ele ia, voltei para a empresa de aluguel de carros.

Durante o dia todo na Palitzerstraat eu não tinha visto nem sinal de Ewa, e foi então que descartei a possibilidade de os dois serem colegas de trabalho. No decorrer da tarde eu tinha começado a me sentir desencorajado, mas acho que essa sensação era causada pela monotonia. Pela primeira vez eu sentia incerteza e insegurança diante de um eventual encontro com Ewa. Até esse dia, no meio de abril, eu não havia me preocupado com essa questão, e, agora que tinha começado a me preocupar, tudo parecia extremamente penoso.

Como um trauma antigo que conseguimos com sucesso ocultar por muitos anos, mas que agora não se deixava mais esconder. Como um animal de estimação doente.

Bebi até ficar embriagado naquela noite. Saí do bar com uma morena muito atraente e a acompanhei até em casa, mas, assim que chegamos lá, mudei de ideia e fui embora sem dizer nada. Corri para casa através das ruas molhadas pela chuva; lembro que escutei a mulher abrir uma janela e gritar algo indecente para mim.

E a compreendo perfeitamente.

Não tenho me levantado cedo nos últimos dias, porque passo as noites escrevendo. Três noites seguidas observei a lua cheia se debruçar sobre a baía, fazendo um caminho prateado na água e parecendo se lamentar, uma imagem borrada, pintada por um deus bêbado depois de uma briga, e de gosto tão duvidoso quanto uma ilustração em uma revista para adolescentes.

Nenhuma sutileza.

Na praia há uma ou outra fogueira queimando durante a noite, e desconfio de que alguns jovens estejam sentados ao redor, cantando e bebendo vinho barato, também distanciados da realidade. A maioria está nua, e na noite passada, antes de ir me deitar, pude observar dois deles fazendo sexo bem embaixo da minha sacada.

Foi em silêncio e com paixão, a garota sentada sobre o garoto, cavalgando-o à luz da lua. Tive dificuldade para esquecer aquela cena quando me deitei para dormir. Na realidade eu não teria nada contra fazer amor com uma mulher à luz da lua na praia.

Para o inferno com as sutilezas, foi o que pensei.

Uma vez, somente mais uma vez, retornei a Graues.
Na verdade nem cheguei a Graues, pois parei em Wörmlingen, o vilarejo do outro lado da montanha, para onde tinha ido e escrito cartões-postais e onde talvez vivesse o amante de minha mulher.

Fiquei uma semana hospedado no Albergo Hans e somente no penúltimo dia subi o caminho sinuoso pelas montanhas. Era meados de maio, lá embaixo no vale as árvores floresciam, em cima ainda havia muita neve. O caminho entre as montanhas tinha sido aberto uma semana antes.

Um ano e nove meses tinham se passado. Dei a volta pela represa, que estava cheia, e não parei. Continuei até o pequeno estacionamento, desci do carro e admirei o panorama. Nada havia mudado. Depois de um momento, resolvi baixar o olhar para a escarpa e passei a mirar a superfície das águas. O dia estava límpido e as águas repousavam tranquilamente, sem que o sol as fizesse brilhar, e o vento fraco não criava nenhuma espécie de ondulação.

Deixei o carro estacionado e desci o caminho a pé. Depois de um instante estava em frente à curva fechada à direita; diminuí o passo e atravessei para o lado esquerdo da estrada.

Eu vi de longe. A neve e o gelo tinham erodido e apagado durante dois invernos, mas havia um buraco aberto no muro baixo de pedra e cimento. O buraco não era grande nem chegava até o nível da estrada, mas havia uma rachadura em forma de V, como eu queria me recordar, mas não conseguia. Em vez disso, senti uma exaustão e uma náusea, o que me fez vomitar no canto da estrada; em seguida, comecei a fazer o caminho de volta até o carro.

Fui dirigindo com cuidado na descida, com uma forte sensação de desespero, e no dia seguinte deixei aquele lugar para trás e para sempre.

Quem sabe eu tivesse a intenção de procurar a sra. Handska, talvez trocar umas palavras com o delegado Ahrenmeyer, mas nunca mais cheguei a atravessar para o outro lado da montanha.

O escritório ficava na Apollolaan e era provavelmente apenas parte de um luxuoso apartamento em um prédio em estilo art nouveau. Toquei a campainha e a porta foi aberta por um jovem pálido de terno preto e camisa polo. Seu rosto era bem delineado, com um toque de origem judaica, olhos profundos e reflexivos. Eu me apresentei.

— Foi o senhor que ligou?

— Sim.

Na sala não havia muito mais que uma mesa e duas cadeiras; a parede divisória fazia o local parecer menor. Eu me sentei e comecei a falar, sem rodeios.

— ... uma mulher que se chamava Ewa anteriormente... — Mostrei três ou quatro fotografias. — Minha única pista é um homem com um Mazda azul, placa H124MC, que mora no prédio número 36 em Wassingen, bloco D. É um homem com cara de cavalo e óculos marrons, que trabalha na Palitzerstraat, 15, e é o elo principal que pode nos levar até a mulher que eu procuro...

Ele olhou para mim e observou as fotografias com cuidado.

— Por que o senhor mesmo não cuida do caso?

— Não tenho tempo — expliquei. — Mas é um trabalho bastante simples. Se o senhor não quiser assumi-lo, vou encontrar outra pessoa com certeza. Não desejo gastar muito com isso.

Eu tinha recebido a gratificação de Kerr pelo correio naquela mesma manhã. Era uma contribuição generosa, sem dúvida, mas eu não dispunha de muito mais recursos que aquilo agora.

— Eu gostaria de ter em contrato que o senhor vai me fornecer o nome e o endereço dela dentro de uma semana.

Ele sorriu.

— Esse tipo de contrato não se faz nem no inferno — respondeu, me devolvendo as fotografias. — Mas posso fazer um bom preço e lhe prometer o que realmente posso cumprir. Não me parece ser impossível. O senhor tem certeza de que ele a conhece?

Concordei com um aceno de cabeça.

— E de que ela está aqui na cidade?

— Sim.

— Eu gostaria de receber um adiantamento agora, e, se eu não descobrir nada dentro de uma semana, desfazemos o acordo.

Encolhi os ombros e apanhei a carteira.

— Como eu entro em contato com o senhor?

Anotei o número do meu telefone e meu endereço no bloco que havia em frente. Ele pegou o dinheiro e se levantou.

— Eu telefono assim que tiver alguma novidade. Quando o senhor está em casa?

Pensei por um momento.

— Na parte da manhã — respondi. — Trabalho até tarde da noite, mas de manhã estou em casa.

— Eu entendo.

Depois de um aperto de mãos, saí para a luz forte do sol na Apollolaan. Eram apenas cinco minutos de caminhada até o apartamento na Ferdinand Bol, mas eu não tinha vontade nem motivo para ir para casa agora.

    Comecei a andar na direção sul, ao longo de um canal cujo nome eu desconhecia e que não estava sinalizado em lugar algum. Se eu não estivesse enganado, estava indo em direção ao Parque Balderis, mas não fazia a menor diferença se fosse parar em outro lugar qualquer. Era uma caminhada sem rumo. Eu precisava fazer o tempo passar. No dia anterior eu havia andado sem rumo durante umas seis ou sete horas, pensando no que fazer. Foi somente mais tarde, depois de jantar no Mefisto, que decidi contratar novamente um detetive particular. Eu já havia desistido de entrar em contato outra vez com Maertens. Foi então que acabei encontrando o tal Haarmann; ainda que ele parecesse um pouco anêmico, havia ganhado minha confiança depois da nossa conversa.

    Não me lembrava mais se tinha sentido o mesmo em relação a Maertens após nosso primeiro encontro.

    Cerca de vinte minutos mais tarde, cheguei a um campo grande e verde que julguei ser o Parque Balderis. Atravessei os portões e continuei a andar no meio dos arbustos, entre as árvores floridas e sob o canto dos pássaros. Aqui e ali havia pessoas com suas cestas de piquenique e toalhas, a maioria composta de casais e grupos de estudantes, mas também uma mulher ou outra da minha idade. Em outras circunstâncias eu até me aproximaria de alguma delas.

    Agora me limitava a seguir meu caminho, atravessando o parque de vegetação frondosa e fazendo o tempo passar mais depressa. Quando voltei para casa na Ferdinand Bol, depois da tarde no parque, já estava escurecendo, e lembrei que o julgamento de Mariam Kadhar e Otto Gerlach seria dentro de apenas seis dias.

    Seria em 4 de maio. Acho que era uma dessas datas de que eu havia me esquecido, me recusando a aceitar sua aproximação, já que tudo mais uma vez seria rodeado por fatos novos e condições imprevisíveis. Algo que afetava somente a minha pessoa, e eu não sabia como fazer para me proteger.

Como uma cirurgia. Ou uma separação.

Já na manhã seguinte Haarmann telefonou e revelou o nome do meu perseguidor.

Elmer van der Leuwe.

Ele era separado e tinha dois filhos de um casamento anterior. Havia oito anos era funcionário da seguradora Kreuger & Kreuger, localizada na Palitzerstraat.

Dois dias depois, Haarmann avisou que era melhor dar uma pausa de duas semanas. Van der Leuwe tinha comprado um pacote de viagem para Creta com um amigo e só estaria de volta no dia 16. Haarmann ainda não havia descoberto nada sobre a relação dele com Ewa, e, se eu estivesse interessado em manter os custos baixos, o melhor a fazer era reduzir as buscas nas próximas semanas.

Concordei. Assim que desliguei o telefone, senti um enorme desânimo. Fiquei deitado na cama fumando um cigarro atrás do outro durante horas. Beatrice andava a meu redor sem parar, parecendo muito preocupada, e fui obrigado a trancá-la na varanda. Mais tarde Janis Hoorne telefonou, apenas para me avisar que não poderia me encontrar, pois ainda havia complicações com as filmagens.

Só me restava esperar.

Só me restava beber nos bares e manter os pensamentos em ordem.

Noite.

Estou acordado escrevendo e assistindo à péssima peça de teatro que a vida é. Não há um roteiro. Nenhum senso de moral. Os atores não seguem seus papéis, e a própria dramaturgia é jogada de um lado para o outro como um navio em alto-mar.

Ou uma prostituta bêbada com sapatos grandes demais. Algo do gênero.

Hoje a luz da lua minguou, formando uma faixa estreita sobre a água. As cigarras cantam mais afinadas agora na escuridão. Um violão desafinado se ouve da praia, e o ar tem aquela temperatura que faz com que não seja possível sentir seu toque na pele.

Aqui não há esforço, nem angústia, nem sofrimento. Muito menos decoro! Bebo um gole do vinho retsina, com gosto de urina de jumento, e acendo o quadragésimo cigarro do dia. A lâmpada a óleo solta seu cheiro de sempre. Aqui não há eletricidade, somente a lua e as estrelas. Além do óleo.

Estou escrevendo.

Teimosamente, vou expelindo essas palavras sobre os acontecimentos. Eu me desespero o tempo todo, mas continuo, sem hesitar. Isto aqui é uma prisão, uma prisão verdadeira, com cenários que podem enganar qualquer um. Já se passaram doze dias desde que cheguei. Não sei se vou encontrar o que me fez vir até aqui, e talvez nem me importe com isso. As fotos de Henderson que vão para o inferno! É o caminho que faz o esforço perder o sentido; sou apenas um desses atores desalmados nesta maldita peça que ninguém mais vê.

Que ninguém escreveu ou sequer dirigiu. Gallis diz que a beleza de resinar seu próprio vinho é que você se torna capaz de beber qualquer coisa. Eu acredito nele. A garrafa e o copo que tenho à minha frente contêm certamente urina de jumento, mas eu bebo mesmo assim.

Deus sabe como estou bêbado. Sou incapaz de escrever o que estava pensando quando comecei, uma hora atrás; vou certamente rasgar estas páginas mais tarde. Minhas palavras vão rastejar para debaixo da terra sob a luz do dia, tão envergonhadas quanto os vermes.

Se eu pelo menos tivesse começado, iria constatar que:

... M estava sentada do lado direito.

Esta é minha única lembrança.

Otto Gerlach estava sentado do lado esquerdo, de cabelo perfeitamente cortado e recém-barbeado. Usando camisa branca, gravata e terno de abotoamento duplo. Suas mãos acomodadas sobre a mesa à frente. A imagem do merecido sucesso.

À sua direita, dois advogados. O primeiro era o dele, e o segundo, de Mariam Kadhar. Cada um deles tinha o seu. Eu não sabia o motivo de estarem assim longe um do outro.

... M estava sentada do lado direito.

Vestida de preto, com uma roupa de um ombro só, algo que só um tipo de mulher pode usar e que custa um salário. Foi o que disseram.

Quando me levantei e fiz o juramento das testemunhas, ela ergueu o olhar, me encarando por dois segundos. Em seguida observou os sapatos do promotor por um instante; ele estava parado na sua diagonal sobre o chão de madeira escura, e não havia diferença alguma na expressão desses olhares dados por ela.

Nenhuma mesmo.

Mandaram eu me sentar e assim o fiz. O promotor se aproximou lentamente. Era um homem alto na casa dos cinquenta anos. Seu rosto se distinguia dos demais por ter algo parecido com um deus grego, um perfil clássico, que ele obviamente gostava de ostentar. Ele deu a volta no banco das testemunhas e se posicionou de forma que eu visse seu lado esquerdo, enquanto os jurados e grande parte do público admiravam seu lado direito. Ficou parado e deixou alguns segundos se passarem.

— David Moerk — iniciou.

Concordei com a cabeça.

— O senhor se chama David Moerk? — continuou.

— Sim — admiti.

— Explique ao tribunal por que se encontra aqui em A.

Descrevi bem uma de minhas razões, o que levou alguns minutos, e ele não me interrompeu nenhuma vez. Otto Gerlach continuava sentado, imóvel, as mãos pousadas sobre a mesa, e não desviou o olhar de mim uma única vez. Achei que seu queixo estremeceu um pouco e compreendi que, apesar da atuação, ele estava preso em emoções conflituosas. Mariam Kadhar mantinha a cabeça baixa, parecendo bem mais relaxada que seu amante.

— Obrigado — disse o promotor quando terminei de falar.

— Conte-nos sobre seu trabalho de tradução. Como estava transcorrendo e por que o senhor começou a desconfiar de que havia algo suspeito.

Continuei e, enquanto falava, dei uma olhada geral no local e me detive por um momento nos membros do júri. Eram quatro homens e três mulheres, todos sentados de costas eretas e com um ar de preocupação no rosto. Passei o olhar pelo público, tanto pelos que estavam no mesmo andar quanto pelos que se encontravam sentados na primeira fileira do andar de cima. O local estava lotado, sem dúvida. Era o segundo dia do julgamento, e agora se iniciava a parte mais significativa. O dia anterior havia sido, segundo o que li nos jornais, mais dedicado às formalidades técnicas e à apresentação da acusação.

Homicídio. Qualificado.

Ambos os acusados tinham contestado a acusação. A fase preliminar estava encerrada.

Havia muitas perguntas, segundo os jornais. Era um dos julgamentos mais interessantes desde o caso Katz e Vermsten, escreveu alguém chamado Laukoon no *Telegraaf*. Na noite após o primeiro dia do julgamento, um programa de televisão havia usado todo o seu tempo no ar para debater o caso, ou melhor, para lançar perguntas. Eu tinha assistido a uma parte do espetáculo no Vlissingen.

Seriam os dois condenados pelo crime?

Algum dos dois assumiria a culpa sozinho? Quem?

Quais eram as provas da acusação? Como havia sido realmente aquele triângulo amoroso? O crime poderia ser considerado passional?

E assim por diante.

— Por que o senhor acha que Rein quis que o livro fosse publicado dessa maneira? — o promotor perguntou.

O advogado de Gerlach protestou, levantando-se e explicando que a testemunha estaria sendo obrigada a fazer especulações. Fiquei em silêncio.

— Indeferido — declarou o juiz. — Os membros do júri devem estar cientes de que a testemunha tem permissão para fazer suas próprias considerações.

O advogado retornou para seu lugar.

— Então? — disse o promotor.

— Pode repetir a pergunta?

— Por que Rein quis que o livro fosse publicado como tradução?

— Por motivos óbvios.

— Desenvolva, por favor.

Olhei para Mariam Kadhar. Através das janelas altas no andar de cima, o sol entrava, destacando sua clavícula em uma luz branca como mármore. Imaginei a nudez dela mais uma vez.

— O manuscrito afirma que eles planejavam matá-lo — expliquei.

Minha resposta despertou grande comoção no público, obrigando o juiz a bater com seu martelo sobre a mesa.

— Desenvolva — o promotor pediu novamente.

Falei das partes destacadas em itálico, do que Rein escrevera sobre as cartas e o relógio de sol no Jardim das Cerejeiras. Imediatamente houve uma agitação entre a plateia e o juiz bateu com o martelo novamente.

— O senhor pode nos contar que providências tomou quando fez essas descobertas?

Comecei a sentir náuseas; estava quente na sala, e um odor de loção pós-barba das mais caras se espalhava pelo ar. Acho que vinha de Otto Gerlach. Pensando melhor depois, sei que vinha dele.

— Eu fiz uma verificação.

— Como foi isso?

— Fui até Behrensee e investiguei se realmente era como ele havia escrito.

— O senhor procurou as cartas?

— Sim.

— E as encontrou no local que ele havia indicado?

— Sim.

— Leu o que estava escrito nelas?

— Sim, acabei lendo mais tarde.

— Qual foi a sua conclusão?

Novo protesto, dessa vez por parte do advogado de Mariam Kadhar. O juiz indeferiu novamente. Bebi um pouco de água, tão quente quanto a temperatura do local, o que não ajudou em nada para aplacar a náusea.

— Qual foi a sua conclusão? — o promotor repetiu.

— Que conclusão o senhor tiraria? — rebati.

O juiz intercedeu, explicando que era minha obrigação responder às perguntas feitas e não formulá-las. Assenti e tomei mais um gole de água.

— Eu concluí que Otto Gerlach e Mariam Kadhar haviam matado Rein.

Todos falavam ao mesmo tempo na sala agora, e o juiz nem tentou pedir silêncio. O promotor me agradeceu e foi se sentar.

Assim que o burburinho diminuiu, o juiz deu a palavra ao advogado de Mariam Kadhar, que abotoou o paletó, se levantou e se aproximou do banco de testemunhas da mesma maneira estudada que o promotor havia feito. Ele não possuía o mesmo tipo de perfil, mas se posicionou exatamente como o outro e ficou aguardando até os últimos murmúrios silenciarem, antes de começar a falar.

— Qual foi a editora que contratou o senhor para traduzir o manuscrito de Rein?

Eu lhe forneci o nome.

— O senhor sabe quando o livro será publicado?

Encolhi os ombros e respondi:

— Nos próximos dias, creio.

— Segundo fui informado, será hoje — ele disse.

— É possível.

— Quantos exemplares serão publicados?

— Não tenho ideia.

Ele tirou um pedaço de papel do bolso, desdobrou-o cuidadosamente e ficou olhando com admiração exagerada.

— Cinquenta mil — declarou.

Não respondi. Ele tirou os óculos e começou a balançá-los, enquanto os segurava por uma das hastes.

— O senhor tem algum comentário a fazer?

— Não.

— Não é uma quantidade demasiadamente grande, se levarmos em conta o gênero?

Encolhi os ombros novamente.

— É possível. Rein foi um grande escritor.

— Sem dúvida que foi. — Examinou novamente sua folha de papel. — Tenho aqui o número de vendas dos últimos dois livros dele no seu país... O senhor sabe de quanto se trata?

— Não.

— Doze mil, os dois títulos juntos. Doze mil... O que o senhor me diz?

Não respondi. Ele colocou os óculos e deu um leve sorriso.

— Me diga: essa publicação não é um ótimo negócio para a sua editora?

— Talvez seja.

Ele fez uma pequena pausa, enquanto virava lentamente de costas para mim.

— Não seria de acreditar... — Começou de novo. — Não seria de acreditar que toda essa história não passa de especulação para ganhar dinheiro fácil com a venda de um best-seller?

Tomei um pouco de água.

— Bobagem — eu disse.

— Perdão?

— Bobagem! — repeti, mais alto.

— Peço que a testemunha se restrinja a um linguajar mais educado — interveio o juiz.

Eu não tinha nada a comentar sobre isso. O advogado de Mariam Kadhar voltou para seu lugar. O advogado de Gerlach se levantou e veio deslizando pelo chão.

— Quem está pagando a sua estada em A.? — perguntou.
— A minha editora, é claro.
— Esse manuscrito que traduziu... o senhor tem alguma prova de que foi realmente Germund Rein que o escreveu?
— O que o senhor quer dizer?
— Como o senhor sabe que foi escrito por Rein?
Comecei a sentir uma irritação crescente.
— Claro que foi Rein que o escreveu. Quem mais seria?
— Como o manuscrito chegou às suas mãos?
— Eu o recebi de Kerr.
— O seu editor?
— Sim.
— E como Kerr o obteve?
— Rein enviou para ele.
— Como o senhor sabe disso?
— Ele me contou, é óbvio.
— Kerr?
— Sim.
— O senhor tem outras fontes?
— Que fontes?
— Que possam comprovar que foi realmente dessa maneira.
Dei uma risadinha.
— Por que eu precisaria disso? Que tipo de idiotice o senhor está tentando provar?
O juiz me chamou a atenção novamente e de um jeito mais rígido. O advogado apoiou o cotovelo no balcão junto ao banco das testemunhas.
— O senhor tem mais alguma prova, além da palavra do seu editor, de que foi Rein quem enviou o manuscrito para ele?
— Não.
— Então tudo pode ser uma farsa?
— Não creio que seja.

— Não perguntei no que o senhor crê.

— Está totalmente fora de cogitação que o meu editor esteja mentindo.

— Mesmo que isso significasse reerguer a editora?

— A editora já está de pé.

O advogado sorriu rapidamente.

— Mas, se outra pessoa se passasse por Rein, seus honrados editores não poderiam ser enganados?

Pensei por um momento. Tomei mais água.

— A princípio, sim — respondi. — Mas isso também está fora de cogitação.

— Obrigado — o advogado disse. — É tudo.

O juiz me dispensou e fui levado dali pelo mesmo guarda com quem tinha entrado. Quando passei pelo banco dos réus, tentei fazer contato visual com Mariam Kadhar, mas ela continuava imóvel e sem desviar o olhar da mesa. Otto Gerlach, em compensação, me observou intensamente, e entendi que ele me mataria se estivéssemos em outro lugar e sob outras circunstâncias.

Assim que cheguei às amplas escadarias do prédio do tribunal, fui atingido pelos raios de sol. Olhei para o relógio, constatando que minha participação não tinha levado mais que uma hora.

Tirei o paletó, pendurei-o sobre o ombro e comecei a andar em direção ao centro. A náusea ainda me acompanhava, e percebi que precisava de alguns drinques para recuperar o equilíbrio.

Eu raramente sonho, mas, quando ela apareceu, eu soube na mesma hora que não podia ser real.

O vestido que ela usava era o mesmo do julgamento, e seus ombros alvos tinham um brilho artificial, parecendo iluminação arranjada, algo que eu não conseguia identificar. Ela se aproximou lentamente, muito lentamente e com cuidado. Concluí que devia estar descalça, pois talvez houvesse escutado seus passos macios sobre o piso de mármore. Ou talvez fosse o contraste entre a matéria quente e o frio rígido. Reconheci inclusive o chão; sem dúvida alguma era a capela na igreja de Pierra del'Angelo, em Tusca, onde Ewa e eu tínhamos feito amor dez anos antes.

Onze anos, para ser mais exato. Ela parou a dois passos de mim, deixando seu vestido cair ao chão. Sua nudez encheu o espaço daquela igreja escura, e eu a agarrei, aspirei o cheiro de sua pele, um odor de tomilho e sândalo que havia ficado exposto ao sol durante um longo e quente dia de verão. E de luxúria. Com um movimento delicado ela se abaixou, fechando os lábios ao redor de meu membro rígido, se ajoelhou e eu a acompanhei. Ela me soltou, se deitou de costas, de pernas abertas, e eu a penetrei. Fizemos amor gritando alto, assim como naquela noite, tanto tempo atrás. A excitação dela ecoava pela igreja, nossos corpos quentes roçavam no mármore frio, como... bárbaros cheios de tesão, como animais sem consciência, amando na capela de Santa Margherita em Pierra del'Angelo.

Então observei que havia outra mulher sob a janela alta e ovalada; descobri que era Ewa e que a mulher que estava sobre mim agora, jogando a cabeça para trás de prazer, não era ela, e sim Mariam Kadhar.

Ewa usava um vestido preto igual ao da outra, e, assim que percebi sua presença, me afastei de Mariam Kadhar. Ewa se aproximou, deixou seu vestido cair ao chão e seu corpo possuía o mesmo brilho pálido que o de Mariam. Ela chegou mais perto de onde estávamos, os olhos cheios de desejo, e, ao mesmo tempo em que vinha até nós, suas mãos acariciavam os seios e o sexo. Eu me encolhi e fui mais para trás. Ewa se abaixou sobre Mariam Kadhar, que ainda gemia um pouco por eu ter me afastado, colocou a cabeça no meio das pernas da outra e as duas começaram a fazer amor. Excitadas, com sinceridade e tesão ao mesmo tempo. Ficaram lá, com a boca no sexo uma da outra, lambendo e sugando. Permaneci sentado, encostado à parede, e não conseguia desviar o olhar daquela cena, apesar de vozes insistentes em minha cabeça me dizerem para ir embora dali. Passado um momento, elas pararam e se viraram para mim.

— Rein! — murmuraram. — Venha até nós, Rein!

De repente uma delas se transformou em homem, não sei qual das duas. Agora eu tentava escapar, e, quando percebi que era uma situação perigosa, já era tarde demais. Eles começaram a agarrar minhas pernas e braços, me puxando para o meio deles no chão, onde a luz fraca entrava pela janela. A mulher, que agora eu tinha conseguido identificar como Ewa, mandou o homem ir buscar algo e ele desapareceu entre os bancos da igreja.

— Rein — ela sussurrou. — Você é Rein, não é?

Ela falava com o rosto a poucos centímetros do meu, e eu sentia que as palavras vinham acompanhadas de seu hálito, captadas não pelos meus ouvidos, mas pela minha pele e meus poros.

— Não, não sou Rein. Sou David e você é Ewa — eu disse.

A presença dela era muito forte.

— Nós temos tempo de fazer amor de novo, antes que ele volte! Venha!

Ela se sentou sobre mim e abriu as pernas, me conduzindo para dentro de sua vagina. Estava mais apertada, quente e melhor do que nunca. Eu já estava quase gozando, mas ouvi passos ecoarem na igreja vazia.

— Rein — a mulher que me cavalgava gemia. — Rein! Eu amo você, mas preciso matá-lo.

— Quem é você? — perguntei. Os peitos eram os de Ewa, sem dúvida, mas a cabeça estava jogada para trás e eu não conseguia ver seu rosto. A voz era igual à de todas as outras mulheres.

— Goze — ela disse. — Goze agora.

E eu gozei.

Em seguida acordei com o barulho do bonde passando na Ferdinand Bolstraat. Beatrice estava sentada a meu lado na cama, olhando para mim com seus olhos amarelados.

Levantei e fui até o banheiro.

Li sobre o lançamento de *Rein* na *Gazett*. No mesmo dia, Kerr me telefonou confirmando tudo. As vendas nos primeiros dias tinham sido excelentes. O livro ganhara muito destaque, agora que o julgamento tinha começado, em praticamente todos os veículos de comunicação da Europa. Já era esperado que Otto Gerlach entrasse com uma ação para impedir a publicação, mas ele o fez sem sucesso.

Todo tipo de ameaças havia sido feito, mas na editora era comemorado o espetáculo que se criara em torno da obra. A única coisa que poderia preocupar um pouco era que o texto era considerado uma prova no julgamento, mas, como não era um caso confidencial, o esperado era que não houvesse maiores problemas.

— Recebi muitas ofertas pelo manuscrito original — Kerr me contou, satisfeito. — Como você está se saindo?

— Com o quê?

— Sei lá. Com os jornalistas, por exemplo.

— Sem problemas — respondi, mas essa não era bem a verdade. Na noite anterior, eu tinha vendido minha história para uma jovem e bonita jornalista do *Journaal*. Recebi uma soma considerável pela entrevista e por algumas fotos, mas teria ido para a cama com ela sem ganhar nada. Eu estava necessitado de sexo nos últimos dias.

O telefone tinha tocado algumas vezes também. Não sei como descobriram meu número, e, a cada vez que eu atendia, dizia que não havia nenhum David Moerk ali.

Mais tarde, ainda na noite anterior, um homem de nariz vermelho que trabalhava para alguma publicação obscura tinha vindo falar comigo no Vlissingen, mas não foi difícil me livrar dele.

Depois que tomei banho — ainda estávamos na quinta-feira da primeira semana do julgamento —, senti de repente uma vontade incontrolável de voltar para lá.

Ou seja, para o tribunal. Queria ver como estava indo, tentei me convencer, mas na verdade o que realmente me atraía para lá era Mariam Kadhar. Eu precisava vê-la novamente, saber se estava como no meu sonho, ver se conseguia fazê-la olhar para mim, verificar se seus ombros delicados mantinham a mesma palidez em qualquer circunstância.

Meu testemunho já havia sido dado, e não havia razão para que eu me mantivesse longe do julgamento. Eu tinha o mesmo direito de qualquer outro cidadão a acompanhar o processo, mesmo sendo estrangeiro.

Quando tomei a decisão, já estava em cima da hora, faltavam menos de quinze minutos para o público entrar. Acenei para um táxi e pedi para o motorista me levar ao tribunal o mais rápido possível.

Minha esperança era de que ela estivesse usando o mesmo vestido de ombros de fora hoje também.

O mesmo que usara quando eu estava no banco das testemunhas.

O mesmo do meu sonho.

Mas ela não usava o mesmo vestido hoje, e sim outro de cor escura, que não deixava nem um pedaço da clavícula à mostra.

Consegui um ótimo lugar para assistir, apesar de estar um pouquinho atrasado, no canto à direita e na primeira fila do andar de cima, de onde podia enxergar bem Mariam Kadhar, de perfil ao lado de seu advogado.

Quando ela se sentou no banco dos réus, vi o outro lado do seu rosto também.

Fez-se um silêncio sepulcral na sala quando ela se levantou com dignidade e se dirigiu para o banco das testemunhas. Ela se sentou, bebeu um pouco de água e apoiou as mãos sobre os joelhos. Era uma mulher imponente. Senti minha pele se arrepiar.

O promotor tomou seu lugar de sempre, contraiu as bochechas e passou a língua sobre os dentes algumas vezes, como se houvesse apreciado um bom conhaque e quisesse se certificar de que não estava perdendo nada do gosto. Depois deu uma leve tossida na mão e começou.

— Sra. Kadhar, por quanto tempo a senhora foi casada com Germund Rein?

Ela não respondeu imediatamente; parecia estar calculando.

— Quinze anos; faria daqui a dois meses.
— Quantos anos a senhora tinha quando se casou?
— Vinte e quatro.
— Quantos anos tinha o seu marido?
— Quarenta e dois.

Ao meu lado direito havia um senhor fazendo anotações. Demorei um pouco para entender que ele estava estenografando, e, no dia seguinte, podia-se ler todo o interrogatório de Mariam Kadhar no *Telegraaf*, palavra por palavra.

— Os senhores tiveram filhos?
— Não.
— A senhora havia sido casada antes?
— Não.
— E o seu marido?
— Duas vezes.

O promotor concordou com a cabeça e fez uma pausa. Ainda se podia sentir que todos seguravam a respiração, tanto os envolvidos no julgamento quanto o público. O silêncio naquele lugar lotado parecia um vácuo, como se houvesse uma pressão acústica. Quando o advogado de Otto Gerlach bateu com a caneta na mesa duas vezes, todos os olhares se desviaram para ele por um segundo.

— Germund Rein teve filhos de seus casamentos anteriores?
— Não. O senhor ainda realmente não tem conhecimento desse assunto?
— Claro que tenho, sra. Kadhar, mas não sou eu quem vai julgar se a senhora é culpada.

Ela suspirou, e foi o necessário para que todos nós voltássemos a respirar novamente.

— É correto dizer que a senhora é a única herdeira do patrimônio do seu marido?
— Sim.

— A senhora tem conhecimento do valor desse patrimônio?
— Não exatamente.
— Tenho a informação de que se trata de cinco ou seis milhões. Está correto?
— Sim.

Uma pausa curta. Eu me perguntei se o promotor praticava esgrima no tempo livre. E se Mariam Kadhar também o fazia. O interrogatório parecia uma luta no campo. Três ou quatro ataques e tantas outras defesas, com pausas para que os adversários pudessem se preparar para o golpe seguinte.

— A senhora amava o seu marido?
— Sim.

A resposta veio sem nenhum estremecimento; acho que muitas das pessoas na sala duvidavam de que ela estivesse falando a verdade.

— A senhora era fiel ao seu marido?
— Não entendi a pergunta.

O promotor fingiu surpresa, como um ator amador de terceira categoria.

— Eu perguntei se a senhora era fiel ao seu marido. Como pode não entender uma pergunta tão simples?
— A fidelidade não é um conceito absoluto.

Ele sorriu rapidamente.

— Talvez. A senhora costumava se relacionar com outros homens?

O advogado se levantou, protestando.

— Por favor, reformule a pergunta — pediu o juiz, e o promotor assentiu e obedeceu.

— É verdade que a senhora tinha um relacionamento sexual com o editor do seu marido, o sr. Otto Gerlach?
— Sim.

Nenhuma hesitação ali tampouco. O promotor fez uma pausa curta para respirar, antes de atacar novamente.

— Quando a senhora começou a se relacionar com o sr. Gerlach?

— Há dois anos e meio.

— O seu marido sabia dessa relação?

— Não.

— A senhora tem certeza?

Ela hesitou por um momento.

— Acho que ele desconfiava nos últimos tempos.

— O que a senhora quer dizer com "nos últimos tempos"?

— Desde o verão passado, talvez.

— O que faz a senhora pensar assim?

Ela sacudiu os ombros, mas não respondeu. O promotor repetiu a pergunta.

— Eu não sei — ela disse. — Eu tinha essa sensação simplesmente.

— Por que a senhora não era fiel ao seu marido se o amava?

— Eu ficaria agradecida de não ser obrigada a responder a essa pergunta.

— Sra. Kadhar — o juiz interveio, virando-se na direção dela. — Eu gostaria de lembrar que estamos tentando fazer valer a justiça. Quanto mais informações a senhora retiver, mais motivos dará para a acusação.

— Que eu saiba, tenho o direito de ficar em silêncio o tempo todo, se assim desejar.

— Sim, é verdade — o juiz admitiu. — A senhora pode escolher que perguntas deseja responder ou não. Mas, se a senhora é inocente, é melhor falar que ficar em silêncio.

— Pode repetir a última pergunta?

O promotor tinha assistido à pequena interrupção do juiz de cabeça baixa. Agora pigarreou e voltou ao assunto.

— A senhora afirma que amava o seu marido. Por que era infiel se o amava?

— A nossa vida sexual não funcionava.

Pela primeira vez nesse dia de julgamento se ouviu um burburinho de vozes na plateia. O juiz ergueu seu martelo, mas nem precisou batê-lo para pedir silêncio.

— A senhora amava o sr. Otto Gerlach também?

Ela ficou quieta por alguns segundos, mas não parecia estar pensando. Seu advogado fez um sinal para ela com a mão. Acho que ele queria saber se deveria protestar novamente, mas ela sacudiu a cabeça de leve.

— Não quero responder a pergunta.
— Por quê?
— Quem eu amo ou deixo de amar é assunto meu.
— A senhora está sendo acusada de homicídio, sra. Kadhar.
— Estou ciente disso.
— A senhora matou o seu marido?
— Eu não matei o meu marido.
— Tenho a informação de que ele batia na senhora.
— É mesmo?
— Isso é verdade?
— Aconteceu duas vezes.
— Foi sério?
— Precisei de cuidados médicos na segunda vez.
— Quando aconteceu?
— Faz um ano, mais ou menos.
— Qual foi o motivo?
— Foi minha culpa.
— O que a senhora quer dizer?
— Protesto! — disse o advogado, interrompendo e se levantando. — O promotor está o tempo todo fazendo insinuações e perguntas irrelevantes. Sugiro que ele vá direto ao assunto ou volte para o seu lugar!

A argumentação pareceu do agrado do público e do juiz.

— Sr. promotor, queira fazer o favor de se limitar ao caso a partir de agora — o juiz instruiu rigidamente.

— Está bem — disse o promotor, sorrindo; ele não parecia levar a sério esse tipo de repreensão. — Conte-nos sobre a noite da morte do seu marido, sra. Kadhar.

Mariam Kadhar permaneceu quieta por um instante. Em seguida, virou a cabeça em direção ao juiz.

— Posso falar com meu advogado primeiro?

O juiz a autorizou e o advogado foi até ela rapidamente. Depois de cochicharem, o homem foi até o juiz e conversou com ele. O juiz escreveu algumas linhas em um papel e endireitou a postura.

— O tribunal fará um pequeno recesso — explicou, batendo com o martelo sobre a mesa. — Intervalo de quinze minutos!

O s dias estão cada vez mais quentes. Assim que o sol nasce, é praticamente impossível ficar em outro lugar que não seja perto da água. Tentei me manter dentro de casa ou no jardim das oliveiras, mas logo percebi que era impraticável. Só o mar tem a capacidade de enviar um pouco de frescor; nem é necessário entrar na água, apenas ficar nas proximidades e na sombra, molhar os pés de vez em quando e dar um mergulho.

Thalatta.

Outro dia tentei subir pelo caminho de pedregulhos que rodeia a costa pelo lado leste. Minha ideia era chegar até as praias isoladas e talvez inspecionar a casa que eu tinha visto de cima da capela. Seria mais fácil ir de barco; pretendo alugar um nos próximos dias. Com muito esforço, levei mais de três horas e não consegui chegar até o fim. Eu mesmo decidi fazer isso; a praia estava povoada por uma dúzia de pessoas, todas nuas, como tinham vindo ao mundo. Eram homens, mulheres e crianças. Havia dois barcos também, um iate grande na água, sacudindo um pouco com as ondas, e um barco menor, de madeira, que havia sido puxado até a areia, mais ou menos o mesmo tipo do barco dos irmãos Kazantsakis. A casa ficava a uns cinquenta metros na subida, uma casa grande caiada de branco, rodeada de ciprestes. O terraço circulava a casa, pelo que pude ver, com guarda-sóis e móveis brancos, além de toalhas que mostravam que o lugar era habitado. Logo concluí que não deviam ser gregos que estavam hospedados ali, pois aquelas pessoas se movimentavam nuas pela praia sem o menor pudor.

Mas basta disso. Algumas noites tomei o ônibus para a cidadezinha, fui às tavernas e fiquei sentado sob as parreiras. O movimento é grande, e a população local se mistura com os turistas na mesma quantidade. Mostrei minhas fotografias algumas vezes, e em pelo menos duas ocasiões elas foram recebidas com acenos de cabeça e sorrisos. Não tenho certeza se a pessoa da fotografia foi realmente reconhecida ou se foi somente uma demonstração de educação e boa vontade em me ajudar. Aqui falam quase que exclusivamente grego, com exceção das frases mais comuns usadas nos restaurantes e no comércio, e, no meio de tudo isso, há algo me refreando.

Algo difícil de entender e fácil ao mesmo tempo.

Como se eu não quisesse forçar as coisas, me parece. Há certos parâmetros de como as coisas devem ser feitas, inclusive aqui nesta pequena ilha. Ainda tenho tempo de sobra e, mesmo que não encontre nada de importante, sinto que vim parar no lugar certo. Esse sentimento não é permanente, e talvez seja justamente essa fragilidade que me faça não querer traí-lo.

É como a asa de um pássaro ferido, que cicatriza vagarosamente, mas ainda não está preparada para o voo. Como um embrião em crescimento que seria eliminado pela luz do sol.

Sempre essa impiedosa luz do sol.

Ela havia se comparado a um pássaro quando ficamos juntos. Um pássaro com a asa machucada.

— Até estar curada outra vez, nada posso oferecer — ela tinha dito. — Só receber.

Gostei muito dessa comparação, foi o que deu forma a nossa relação desde o início, e me joguei de cabeça, sem protestar.

Levou quase um mês para fazermos amor de verdade, e até isso me agradou. Me deu tempo para terminar outro relacionamento na hora certa.

Quando nos casamos, ela ainda era meu pássaro ferido. Então sofreu dois abortos, os fetos morreram antes de se formar completamente, e isso selou nosso pacto. Depois do segundo aborto, minhas forças já não eram suficientes para preencher o vazio que ela sentia. Durante um ano inteiro vivemos em mundos separados — eu assumi o papel do macho forte e ela vivia fechada em si mesma, encoberta pelos véus da enfermidade.

— Adágio — Ewa costumava dizer sobre esse tempo. — Agora nos encontramos no adágio. Não há nada de estranho nisso.

E claro que não havia.

Encontrei Mauritz Winckler apenas três ou quatro vezes, e ele não me causou nenhuma impressão favorável. Tinha um ar presunçoso na maneira de falar até mesmo sobre os assuntos mais triviais. Depois de Ewa ter tido alta, houve algumas brigas pesadas, nas quais partimos para agressões físicas, mas fazíamos as pazes e saíamos mais fortes dessas batalhas. Mauritz Winckler, contudo, nunca compreendeu essa fase do nosso relacionamento; mesmo que não tenha tocado no assunto, seu julgamento sempre transpareceu por trás de suas palavras ou seus sorrisos.

Não, Mauritz Winckler nunca entendeu a moral do pássaro ferido e dos direitos e obrigações ali implicados, e eu tinha muita dificuldade em tolerá-lo.

Desde o início. Antes mesmo que ele se transformasse em amante da minha mulher.

O sol se põe rapidamente, e a escuridão penetra em cada canto. Estou na cama e vejo os contornos se dissiparem. Tento enxergar minha mulher e seu amante em minha mente, mas as imagens são falsas e ficam ali por alguns segundos. Procuro pelo vinho retsina na mesa de cabeceira, encontro e tomo um longo gole.

Fico pensando na péssima peça sobre a vida que escrevi alguns dias atrás. Tento compreender como seria possível criar algo que tivesse propósito e significado, e só encontro a resposta amarga que eu já tinha.

O que já era previsível, evidentemente. Não entro em nenhuma discussão de peito aberto. É por desgosto que estou aqui no calor e na escuridão desta ilha incrivelmente bela.

Somente por isso.

O relato de Mariam Kadhar sobre a noite entre os dias 19 e 20 de novembro foi interrompido por perguntas, formuladas tanto pelo promotor como pelos advogados e pelo juiz, e levou quarenta e cinco minutos.

Quando ela terminou, penso que cada um dos integrantes do júri tinha certeza de que ela era culpada. Ela permaneceu com os ombros relaxados o tempo todo, sua voz não estremeceu sequer uma vez, e mesmo assim ela conseguiu plantar a semente da desconfiança entre todos nós.

Culpada.

Depois, nada mais a ajudou.

Ninguém nutria simpatia por ela, nem por seus ombros brancos como mármore, nem se levavam mais em consideração as circunstâncias obscuras do caso.

O testemunho de Otto Gerlach veio em seguida, após um breve intervalo. Mesmo que ele tenha dado uma impressão diversa da de sua amante, não lhe foi possível mudar a situação. Ele apresentou a mesma versão dos acontecimentos e fatos que Mariam Kadhar. Sua arrogante tentativa não teve outro efeito senão confirmar e enfatizar todos os fatos sombrios em torno da terrível morte do grande Germund Rein, como haviam escrito em alguns dos jornais no dia seguinte.

Ambos tinham confessado, sem rodeios, que mantinham um relacionamento havia quase três anos, mesmo que tivesse sido mais esporádico no início. M e G salientaram que sua relação era de natureza sexual e causada pela incapacidade de Rein nessa área. O promotor havia aproveitado a chance para fazer perguntas capciosas, que Mariam Kadhar respondeu. Percebi que a boa vontade desaparecia do rosto dos espectadores enquanto ela tentava se explicar, e vi também a expressão facial de duas mulheres do júri passar da simpatia para o oposto. Quando lhe perguntaram o motivo de não ter contado tudo para Rein, Mariam Kadhar dera uma risada e mostrara com um simples movimento de cabeça o que ela pensava da opinião do promotor sobre esse tipo de caso.

Esse comportamento dela tampouco causou boa impressão.

Segundo os relatos, Otto Gerlach apareceu no Jardim das Cerejeiras por volta das sete da noite naquele 19 de novembro. Haviam combinado que Helmut Rühdegger, um dos editores, o acompanharia até lá, mas, devido a um compromisso de última hora que não ficou esclarecido, ele não pôde comparecer. Lembro de ter ficado um pouco irritado com isso, pois não devia ser nada difícil confirmar essa informação com o próprio Rühdegger, mas pelo jeito isso não havia sido feito, nem pela acusação nem pela defesa.

De qualquer maneira, os três beberam e comeram na casa de praia, e logo ficou claro que Germund Rein se encontrava no pior de seu humor, uma mistura de megalomania juvenil com uma latente aversão a si mesmo, o que não era raro entre escritores e outras pessoas criativas, segundo Otto Gerlach, que dizia entender do assunto. Na opinião de M e G, Rein não desconfiava de nada do que estaria acontecendo entre sua esposa e seu editor, nem nessa ocasião e muito menos anteriormente. Preciso deixar claro que não entendi por que insistir nesse ponto, pois era evidente, pelo menos na época do julgamento, que Rein suspeitava fortemente dos dois, que continuavam a negar que o escritor desconfiasse de algo. Negavam também que o mau humor de Rein naquela noite tivesse alguma relação com o caso entre eles.

Por volta da meia-noite — quinze minutos antes, segundo M; cinco minutos depois, segundo G —, Rein estava farto da companhia deles. Com uma garrafa de conhaque, ele subira tropeçando a escada para o segundo andar da casa, mandara os dois para o inferno e se trancara no quarto. Tinham decidido que Otto Gerlach dormiria lá, mas, apesar da bebedeira, ele e Mariam Kadhar não passaram a noite juntos. Lá pela uma e meia se levantaram da poltrona de couro que dividiam e cada um foi para seu quarto. Otto Gerlach disse que se deitara para ler um pouco e adormecera entre duas e quinze e duas e meia da manhã. Mariam Kadhar adormecera imediatamente, segundo ela, assim que colocara a cabeça no travesseiro.

Isso era tudo. Na manhã seguinte, Otto Gerlach foi o primeiro a se levantar, alguns minutos depois das dez, mas foi somente meia hora mais tarde que Mariam Kadhar descobriu a carta na máquina de escrever no quarto de Rein. Ela já havia batido na porta do quarto e chamado por ele algumas vezes, mas não queria incomodar o marido se ele desejava ficar em paz, disse ela. Mais tarde resolveu, de qualquer jeito, entrar no quarto.

A carta não era nenhum segredo. O promotor a leu em voz alta e perguntou se era idêntica àquela encontrada na máquina de escrever. Tanto M quanto G confirmaram que era.

Ele também perguntou o que eles pensavam sobre não haver uma única impressão digital de Rein no papel, mas nenhum deles pôde dar uma explicação plausível, e eu observei as rugas de preocupação na expressão dos jurados novamente.

As outras cartas, aquelas que eu havia desenterrado junto ao relógio de sol, causaram grande espanto em Mariam Kadhar e Otto Gerlach durante o julgamento, o que mais tarde foi noticiado pelos jornais.

Todas as cartas haviam sido escritas na mesma máquina, o perito atestou, uma pequena e portátil da marca Triumf/Adler, de propriedade de Gerlach e que normalmente ficava em sua sala na editora, mas que às vezes ele levava consigo nas viagens. O promotor se mostrou um pouco surpreso por ele não utilizar um aparelho mais moderno em nossa sociedade digitalizada, mas o editor respondeu que sempre tivera preferência por máquinas de escrever antigas e confiáveis em vez de processadores de texto.

O problema era a quarta carta. Todos já sabiam que G estava por trás das três primeiras, o que era fácil de adivinhar com todas as declarações de amor ali contidas, e ele confessara sem hesitar, mas, quanto à quarta — aquela na qual o complô de assassinato era explicado em detalhes, como acabar com a vida de Rein —, ele havia negado com todas as forças que um dia houvesse escrito algo do gênero.

O mesmo afirmava Mariam Kadhar. Ela nunca havia lido aquelas linhas antes que a polícia lhe mostrasse a carta, e se tivesse feito a descoberta anteriormente teria cortado relações com o autor desta, foi o que disse. Essa quarta carta era vagamente datada, assim como as outras — fim do outono de 199- —, mas, já que o planejado fim de semana no Jardim das Cerejeiras era mencionado, o promotor entendeu que a carta devia ter sido escrita nas duas semanas que antecederam a morte de Rein.

Quando o promotor perguntou se alguém podia explicar como a quarta carta havia ido parar entre as roupas íntimas de Mariam Kadhar e mais tarde junto ao relógio de sol, nenhum dos acusados soube responder, e isso talvez fosse uma vantagem para eles, já que nenhum dos dois apresentava agora nem teorias nem especulações. Quanto à carta original e às cópias na cômoda, Mariam Kadhar explicou que as jogara ali algumas semanas após a morte do marido, e o promotor não pareceu interessado em pressioná-la mais nessa questão.

— Os senhores estavam familiarizados com o *Gargantua*? — foi a pergunta que ele fez.

Gargantua era o barco de Rein.

— Sim — ela respondeu, sem demonstrar preocupação.

— Naturalmente — disse Otto Gerlach, uma hora mais tarde. — Era apenas um barco a motor, sem maiores complicações.

— Obrigado — disse o promotor.

Para ambos os acusados.

Eu não era o único a ter a impressão de que já estava tudo decidido quando Mariam Kadhar voltou ao seu lugar, de cabeça baixa. As últimas perguntas que o promotor havia feito eram sobre a questão financeira, e ficara claro que a deixaram um tanto desconfortável.

Durante as semanas anteriores àquela noite fatídica, Mariam Kadhar havia feito dois saques significativos de uma das contas que tinha em conjunto com Rein.

O primeiro saque foi de cem mil, no dia 7 de novembro, e oito dias depois ela sacou mais cento e dez mil. A resposta que deu quando lhe perguntaram o que pretendia fazer com aquela soma foi que Rein havia lhe pedido para fazer os saques e ela não sabia por quê.

— A senhora costumava sacar valores dessa proporção a pedido dele? — o promotor perguntou.

— Não.

— Nunca?

— Eventualmente, talvez.

— Sem que a senhora soubesse para que ele usaria o dinheiro?
— Sim.
— E no que a senhora acha que ele gastou dessa vez?
— Não sei.
— A senhora não perguntou?
— Sim.
— E?
— Ele não respondeu.
— A senhora não achou estranho?

Ela hesitou um pouco.

— Talvez. O meu marido era uma pessoa incomum.
— Não tenho dúvida disso. Nós não conseguimos provar que ele usou o dinheiro sacado pela senhora. O que nos diz sobre isso?

Ela deu de ombros.

— Eu não sei.
— Alguma ideia?
— Não.

O promotor fez uma pausa para introduzir a próxima pergunta.

— E a senhora não guardou esse dinheiro para si mesma?
— É claro que não.
— Em nenhuma das ocasiões?
— Não.
— A senhora tem como provar que entregou o dinheiro ao seu marido?

Ela pensou por um momento.

— Não.

Se me recordo bem, foi depois dessa constatação que lhe foi permitido deixar o banco das testemunhas.

Saí do tribunal com uma sensação de exaustão, mas também sabendo que tinha terminado, sentindo um tipo de alívio angustiante, como depois de uma consulta no dentista, mais ou menos.

Nos dias que se passaram, continuei com essa sensação. Andava pela cidade sem pressa e sem objetivo, ficava sentado nos parques ou nos cafés lendo ou observando as pessoas, me permitindo aproveitar o tempo bonito sem preocupações. O tempo parecia novamente atenuado; eu não tinha como evitar pensar nisso, em como parecia me encontrar novamente em um período vazio e transparente, em uma estação esperando pelo trem atrasado. Tinha lido nos jornais as diferentes especulações sobre o veredito e sobre o livro e os direitos autorais, mas confesso que nada disso me afetava. Eu sabia que minha participação havia terminado e que agora podia ir ao Gambrinus, ao Mefisto ou ao Vlissingen e observar tudo abismado, como outra pessoa qualquer.

Eu não andava bebendo muito nos últimos dias. Ia aos bares à noite, mas voltava para Beatrice bem antes da meia-noite, e, quando Janis Hoorne telefonou me convidando para sair de barco, agradeci, mas recusei o convite e pedi para marcarmos para outra ocasião. Acho que combinamos para o começo de junho, mas eu ainda não fazia ideia se haveria junho naquele ano.

Naturalmente eu sabia que essa pausa para descanso e essa tranquilidade não durariam para sempre; era obviamente um período de monotonia necessário para me preparar para a próxima fase de grandes concentrações, um acúmulo lento de meteoritos na deformação do tempo.

A fase seguinte não demorou a chegar; veio com o fim daquela semana no meio de maio.

Na sexta-feira saiu a sentença do caso Rein. Ouvi no rádio, em um dos noticiários transmitidos pela manhã, da mesma maneira que tinha ouvido sobre a prisão deles. A janela que dava para a rua estava bem aberta e eu lembro que, enquanto o locutor lia devagar o curto comunicado, parecia que a cidade toda prendia a respiração, pelo menos por alguns segundos, e era uma experiência bastante esquisita. Ainda consigo me lembrar bem de tudo sem grande dificuldade.

Mariam Kadhar foi considerada culpada.

Otto Gerlach foi considerado culpado.

Condenados por homicídio qualificado.

Sem margem de dúvida. Com votação unânime do júri. As sentenças ainda não haviam sido determinadas, mas tudo indicava que pegariam a pena máxima. Doze anos cada um, sem atenuantes.

Nenhum era mais ou menos culpado que o outro. Nenhum perdão.

Um dia depois, no sábado à tarde, Kerr telefonou para me contar que as vendas do livro já estavam em quarenta e cinco mil exemplares e que a segunda edição (de mais cinquenta mil) já estava pronta. Ele me perguntou se eu precisava de dinheiro e eu aceitei mais um pequeno adiantamento.

Eu me embriaguei naquela noite e acompanhei uma mulher até sua casa na Max Willemstraat, mas acho que nem eu nem ela aproveitamos muito o sexo miserável feito no chão da sala.

Ela pelo menos não.

No domingo, 16 de maio, Haarmann me avisou que Elmer van der Leuwe voltaria para A. na mesma noite e que ele pretendia retomar a investigação interrompida.

Se é que eu ainda estava interessado em encontrar minha mulher desaparecida.

Eu estava, é lógico, foi o que lhe disse antes de desligar o telefone. Levantei, fui até a cozinha e tomei dois comprimidos para dor de cabeça. Fiquei meio surpreso ao ver que estava chovendo, uma chuva morna e fina de primavera, e que havia se formado uma poça dentro de casa, por eu estar com a porta da varanda aberta.

Havia sido a Doris com sardas. No Vlissingen havia duas garçonetes chamadas Doris, ambas na faixa dos vinte e cinco anos, loiras e de beleza nórdica, mas apenas uma delas tinha sardas. Então, havia sido a Doris com sardas que lá pelas quatro da tarde levara o dedo aos lábios, fazendo sinal de silêncio e aumentando o volume da televisão, pendurada no teto no fundo do bar.

Já pensei diversas vezes nesse breve noticiário e em como me sentia quando saí do Vlissingen. Parecia que eu tinha assistido ao programa em velocidade acelerada, mas que ele havia sido gravado em uma espécie de câmera lenta, pois tudo parecia passar devagar e com absurda clareza. A apresentadora tinha os olhos arregalados, como se ela mesma não acreditasse no que estava dizendo, sua voz, suas frases típicas e sua maneira profissional e controlada aparentavam esconder uma grande excitação.

E as imagens.

Da prisão. Dos corredores. Da porta da cela e da policial que, sem se afetar, respondia às perguntas em um microfone azul com o símbolo do Canal 5.

As palavras ditas ainda estão gravadas em minha memória, e de soslaio vejo que Doris se esquece de fumar, fazendo a cinza de seu cigarro ficar pesada e cair.

— A senhora pode nos contar o que aconteceu? — o repórter pergunta, tossindo duas vezes, uma delas diretamente no microfone.

— Bom... — A policial hesita por um momento. — Ela me pediu papel e caneta, e não há regras que proíbam o uso destes.

— A senhora deu a ela papel e caneta?

— Foi a minha colega.

— A sua colega deu a ela papel e caneta?

— Sim.

— E depois?

— Depois eu ia avisá-la que ela tinha hora marcada com o pastor.

— Com o pastor?

— Sim, ela tinha pedido para falar com ele.

— A senhora foi até a cela dela?

— Sim. Espiei pela janelinha e vi que ela estava deitada no chão.

— O que a senhora fez?

— Abri a porta da cela e entrei. Ela estava deitada de bruços. Perguntei primeiro como ela estava e, quando ela não respondeu, eu a virei... Havia uma pequena poça de sangue no chão, e depois eu vi seu olho.

— A senhora compreendeu o que tinha acontecido?

— Sim, ela tinha enfiado a caneta no olho.

— A caneta toda?

— Sim. Não tinha ficado nada para fora.

— Ela estava morta?

— Sim. Chamei por socorro e pudemos constatar imediatamente que ela estava morta.

Uma pequena pausa, enquanto a câmera foca uma mancha escura no piso verde da cela.

— Qual foi a sua reação?

Nenhuma resposta imediata. A câmera dá zoom no rosto da policial, e percebe-se que ela não sabe para onde olhar, mas não parece muito afetada pelo acontecimento. O canto esquerdo de seu lábio estremece umas duas vezes.

— Foi um acontecimento lamentável... — ela declara finalmente, mais como uma frase rotineira, eu acho.

Em seguida, o repórter diz que seu nome é Erich Molder e a imagem retorna ao estúdio.

— Repetindo — diz a mulher de olhos arregalados. — Mariam Kadhar, a esposa do falecido escritor Germund Rein, recentemente condenada a doze anos de prisão pelo assassinato do marido, cometeu suicídio há apenas uma hora na prisão de Burgislaan, onde aguardava transferência para a penitenciária feminina em Bossingen. Mariam Kadhar tinha trinta e nove anos. Voltamos com mais informações no nosso programa da noite.

A transmissão do noticiário se encerra. Doris finalmente dá uma tragada no cigarro. Observo seu braço sardento, como ele se ergue e se abaixa enquanto ela fuma. Ela desliga a televisão, eu me levanto do meu lugar junto à janela e vou embora. Lá fora na rua a luz forte do sol me atinge como um choque elétrico. Fico parado por um instante, fecho os olhos e me seguro em uma bicicleta encostada à parede. Sinto uma tontura indescritível e um gosto amargo de metal na língua.

Passados alguns segundos, me recupero do choque e começo a caminhar em direção à Ferdinand Bolstraat.

Leio essa parte novamente e acho a descrição correta. Pode ser acrescentado que era dia 17 de maio, uma segunda-feira, e tinha sido o dia mais quente do ano até então.

Coloco água da jarra arranhada, fazendo o copo de ouzo ficar enfumaçado. Estou sozinho sob o guarda-sol, aguardando que a hora da siesta termine; já dormi por uma hora em um banco debaixo de uma buganvília ao norte da igreja, mas agora estou aqui esperando com o meu envelope.

Hotel Ormos. Há três hotéis com o mesmo nome nesta cidadezinha, mas é o Ormos grandioso. Tem grandiosidade e vista panorâmica. Lá embaixo, ao longo da terra escarpada, fica o *kastro*, a antiga fortaleza, destino dos ônibus empoeirados carregados de turistas o dia todo.

Com exceção das horas da siesta, que começam a terminar agora. O calor ainda é insuportável, mas o sol está mais baixo e as sombras se espalham entre as casas. Assim que o sr. Valathakos abrir as portas de sua loja de suvenires, irei até lá. Fica do outro lado da rua. Valathakos é o único comerciante da cidade que tem grades protegendo sua loja, e há muitos aqui que o olham com desprezo e o chamam de babaca ou de ateniense, apesar de ele ter nascido na ilha e, ao contrário de muitos, morar aqui durante o ano todo.

Quando me apresento, ele não tem nada contra tomar um ouzo no Ormos comigo. Fecha as grades novamente e nos sentamos à mesma mesa onde passei a última hora.

Estou um pouco nervoso, pois é minha última semana aqui e o sr. Valathakos é a cartada final. Tomei conhecimento dessa informação uns dias atrás, e, quando deslizo as fotografias para ele sobre a mesa, sinto o sangue acelerar em minhas têmporas e o suor escorrer sobre meus lábios. As gotas de suor são frias e sem o menor gosto de sal.

Antes de ele analisar as fotos, fazemos um brinde. Em seguida ele tira o chapéu de palha e enxuga a testa com a lateral de seu punho cabeludo. Coloca o chapéu na cabeça e acende um cigarro.

Ele não tem pressa. Passa os dedos sobre a barba escura e fica observando as fotos com muita atenção. Faz um aceno de cabeça e me pergunta se tenho um mapa.

Abro o mapa sobre a mesa. Ele dá uma risada, apontando para sua loja, e eu confirmo que comprei o mapa lá. Ele o coloca na posição correta, percorrendo-o com os olhos algumas vezes para se orientar e ter certeza de que é a ilha certa. Faz um sinal de que precisa de uma caneta. Eu lhe alcanço uma e ele desenha uma grande cruz sobre uma das pequenas baías no lado norte da ilha.

— *Boat!* — ele diz. — *No road!*

Assinto, demonstrando que entendi. Procuro algumas notas no bolso da camisa, mas ele faz um gesto discreto com a mão, dizendo que não é necessário.

— *No italiano* — explica. — *Greek.*

Eu lhe peço desculpa e nos recostamos nas cadeiras para terminar de beber.

No Albert Heijn, compro quatro garrafas de uísque e a mesma quantidade de latas de comida para gatos. Ainda consigo vislumbrar um traço nítido de racionalidade em meus atos naqueles dias. Molho as plantas, limpo a caixa de Beatrice e coloco areia nova. Sirvo comida na tigela da gata, uma porção generosa, suficiente para dois dias, antes de ir me sentar na poltrona e começar a beber com o único propósito de perder a consciência.

Metodicamente e sem pressa, vou esvaziando um copo atrás do outro, deixando o álcool se espalhar, mas sem me empolgar demasiadamente, sem cair nos buracos da insanidade. Sem me engajar, minha embriaguez será tranquila e planejada, um processo em que o tempo todo, com parte da minha consciência, mantenho total e estrito controle. Já fiz isso antes e sei bem como funciona.

Em algum momento durante a noite, comecei a me distrair com um lápis. Com o lápis e o olho. Fico tentando equilibrar o lápis entre o olho e a mão, e realmente consigo. A ponta afiada apoiada contra a superfície lisa do olho; uma certa pressão é necessária. Fico segurando com a palma da mão meio fechada, o que é necessário para manter o lápis no lugar certo. O lápis na horizontal escorrega fácil, saindo do lugar. É um procedimento precário, e eu acho impossível fazê-lo penetrar o globo ocular, mesmo à força. O resultado seria que o lápis penetraria o cérebro, acima ou abaixo do olho, pois iria escorregar, deslizaria de sua base e encontraria a passagem livre, mas nunca espetaria ou penetraria o olho. É uma conclusão irritante de certa forma, um desvio na absoluta perfeição que me havia ocorrido, mas tenho de me resignar a aceitá-la.

Acordo com a luz forte da manhã. Vou até o banheiro levando uma garrafa para continuar bebendo. Os primeiros goles me fazem vomitar, mas em seguida consigo manter o líquido ardente dentro de mim. Fico deitado na escuridão, sentindo o cheiro azedo dos sucos gástricos e de urina. Deixo os segundos e as horas avançarem.

Mais uma noite chega. Não tenho muitas lembranças dela, nem do dia seguinte. O uísque termina em algum momento; encontro uma garrafa de vinho doce no armário da cozinha. É uma bebida repugnante, e passo a noite no banheiro vomitando. Fico sóbrio sem querer; estou molhado de suor e de uma angústia malcheirosa. Tento me encolher no chão do banheiro em posição fetal, mas sou sacudido por tremores e calafrios. Tenho cólicas nos nervos e na carne, cãibras e falta de ar, antes de cair em um sono escuro e sem sonhos.

O telefone toca e para. Beatrice vai e volta. Através da fresta na porta do banheiro, um raio de luz anuncia um novo dia. Adormeço novamente. O telefone volta a tocar, sinto dor no lado direito do quadril e no ombro encostado no chão duro.

Finalmente, me levanto. Bebo água direto da torneira, lavo o rosto e as mãos. O telefone está tocando. Vou devagar para a sala e atendo.

Haarmann.

O detetive particular Haarmann.

— Eu estava tentando falar com o senhor.

— Sinto muito.

— Mesmo?

— O que o senhor quer?

— Tenho novidades.

— ...

— O senhor ainda está aí?

— É claro.

— Eu a encontrei.

— Quem?

— *Quem?* A sua esposa, é óbvio. Está tudo bem mesmo com o senhor?

— Tudo ótimo. Desculpe, acabei de acordar... Onde ela está?

Ele faz uma pausa, acho que está acendendo um cigarro.

— Se o senhor vier até aqui, posso lhe passar todas as informações que tenho. Traga dinheiro para acertarmos as contas de uma vez. Pode ser daqui a uma hora?

Olho para o relógio. Já passa das dez. Ainda é de manhã e eu não tenho ideia de que dia da semana seja.

— Daqui a uma hora, então — eu digo.

— A vida é um erro, mas quando uma porta se abre devemos seguir adiante. É uma obrigação e nada mais.

Essas foram as palavras dela, e eu sabia que devia ser algo que ela tinha lido ou ouvido. Sempre era assim com Ewa. Ela apanhava frases e citações de todos os lugares, filmes, revistas, programas de debate na TV. Então as conservava durante semanas e meses, para mais tarde utilizá-las como de sua autoria, em situações e contextos em que achava que tinham relevância para serem ditas.

Como nesta manhã de verão.

Um erro?

Em retrospecto, sei que muito do que ela disse naquele período de nossa vida vinha de Mauritz Winckler. Talvez eu já houvesse percebido na época, mas não dei muita importância nem reagi. Ela era meu pássaro ferido, eu era seu marido e benfeitor. Era assim nossa relação. Eu era o solo firme, e Ewa era a corça perdida no pântano. As opiniões dela iam e vinham, seu humor era instável e sensível, mudando de um dia para o outro e, às vezes, de hora em hora. Eu sempre a escutava sem vacilar, ficava firme e a ajudava a sair do buraco nas vezes que ela corria o risco de afundar mais.

Eu era sua rocha, seu ponto de apoio.

O adágio havia acabado agora.

Fiquei pensando nessas coisas enquanto caminhava por A. naquele dia quente de maio. Estava longe do endereço em Greijpstraa; eu poderia ter apanhado o bonde, mas algo me impediu. Provavelmente era só questão de tempo; eu precisava de tempo e de uma longa caminhada antes de estar preparado para ficar cara a cara com ela novamente. Talvez uma parada em um café no caminho. Era um dia quente, como eu já disse. Mais um.

Haarmann havia desejado saber se eu gostaria dos detalhes, ou se estava satisfeito com o nome e o endereço.

— Nome? — eu perguntara, e ele me explicou que agora ela se chamava Edita Sobranska.

— Edita Sobranska?

— Sim, ao que tudo indica.

Eu tinha dito que poderia fazer o restante sozinho e que não estava interessado em saber como ele a havia encontrado. Ele sacudira a cabeça, e talvez houvesse um sinal de hesitação em seu olhar, mas ele não demonstrou nada. Entregou-me um cartão com nome, endereço e telefone, que guardei imediatamente na carteira, e paguei o que ele pedira. Oitocentos, sem recibo.

— Você está se referindo à sua vida ou à vida de quem? — lembro de ter perguntado daquela vez.

— À nossa — ela respondeu imediatamente, me pegando de surpresa. — À nossa vida juntos.

Não era o normal dela continuar argumentando depois de eu tê-la confrontado.

— À nossa vida?

— Sim, à nossa. Não estamos mais fortalecendo um ao outro. Não estamos crescendo... Estamos engolindo um ao outro e nos retraindo. Estamos nos anulando cada vez mais. Você não sente isso? Não é possível que não sinta, não há nada mais claro que isso. Se continuarmos assim, vamos acabar desaparecendo um dia desses.

— São só palavras, Ewa. Palavras que não fazem o menor sentido, você tem que reconhecer. Não significam nada.

— Significam tudo — ela disse.

Tudo.

Quem decide quais palavras fazem sentido e quais não fazem?

Caminhei bastante ao longo do canal Prinzengracht. Naquelas águas escuras e paradas, avistei patos e gansos nadando sem rumo. Entre a Keyserstraat e a Valdemarlaan, as castanheiras estavam em flor, com os galhos crescendo ao mesmo tempo para cima e para baixo. Depois do sol e da água, lembro-me de ficar pensando por mais um instante sobre essa ambivalência e sobre não poder afirmar se era possível que o crescimento fosse para cima e para baixo ao mesmo tempo. Em seguida percebi que não chegaria a conclusão alguma, mas ainda me recordo da imagem, passados três anos ainda posso ver as árvores junto ao canal e me enxergo caminhando lá, naquele dia específico do mês de maio. Caminhando e refletindo sobre as necessidades de satisfação daquelas árvores.

Calor e água. Calor ou água.

Perto de Kreuger Plein, fiz uma parada no meio dos cafés antes de ir me sentar no Oldener Maas. Fiquei lá por uma hora em uma mesa na calçada, mas não tomei nada além de um café e um copo de suco com gelo.

Sentia uma grande hesitação enquanto estava sentado ali, talvez relacionada às castanheiras. Toda hora eu apanhava o cartão na carteira e o examinava.

"Edita Sobranska, Bergenerstraat, 174."

Eu tentava entender de onde ela havia tirado aquele nome, que soava polonês, sem dúvida; eu sabia que Ewa não tinha nenhum parente eslavo. Então por que teria inventado esse nome?

Talvez nem seja ela, pensei. *Talvez se trate de outra mulher, e Haarmann tenha se enganado.* Não seria essa a melhor solução para o caso?

Se a mulher na Bergenerstraat fosse outra pessoa e não minha esposa desaparecida, então tudo teria chegado ao fim. Já bastava dessa história, eu havia decidido assim que fora embora do Oldener Maas. Hoje seria o último dia; já tinha ido longe demais, eu deveria ter concluído isso antes. Bom, melhor tarde do que nunca.

Quinze minutos depois eu estava em frente ao endereço na Bergenerstraat. Era uma rua estreita e comprida que ia de Bergener Plein ao parque e o campo de esportes ao norte. Os prédios na rua eram comuns, de quatro ou cinco andares, feitos de tijolos escuros. As portas eram pintadas de preto e as janelas ficavam muito próximas umas das outras. Uma ou outra lojinha e cafés a cada três cruzamentos.

Parei em frente ao número 174 e olhei para os dois lados antes de ir até a placa com o nome dos moradores. Terceiro andar: E. Sobranska e M. Winck. Tentei abrir a porta do prédio. Estava trancada. Tentei o porteiro eletrônico, ninguém atendeu, mas ouvi um clique na porta. Entrei no prédio e comecei a subir a escadaria estreita e inclinada.

A primeira batida na porta não despertou nenhuma reação, então bati com mais força. Escutei alguém desligar o rádio no apartamento e passos se aproximarem da porta. Uma chave foi virada na fechadura duas vezes, a porta se abriu e fiquei cara a cara com...

Quero dizer que me lembro de que levou um segundo para eu reconhecê-la, mas não tenho muita certeza. Ela estava vestida com simplicidade, de calça jeans preta e uma camiseta comprida com estampa de batique. Seu rosto era tão conhecido que quase recuei; sim, a sensação de identificação foi tão intensa que paradoxalmente me fez hesitar.

Também quero lembrar que ficamos parados por um instante, olhando um para o outro antes de começar a falar, mas da mesma forma não estou convencido. Talvez ela tenha começado a falar imediatamente; pelo menos foi ela quem quebrou o silêncio.

— Então você veio — ela disse, dando um passo para trás no pequeno hall.

— Sim. Eu vim.

Ela fez um sinal para que eu a acompanhasse para dentro do apartamento. Foi na minha frente e se sentou em uma das três poltronas ao redor de uma mesinha de vidro e vime. Hesitei novamente, mas ela fez um aceno com a cabeça e eu me sentei à sua frente.

— Então você veio — ela repetiu, oscilando um pouco com os olhos, como eu lembrava que ela fazia quando tentava se concentrar em algo difícil ou mal esclarecido.

Não respondi.

— Aceita uma xícara de chá? — ela me perguntou em seguida.

Assenti e ela me deixou ali. Fechei os olhos, apoiei a cabeça no encosto alto e confortável da poltrona. Escutei enquanto ela preparava o chá na cozinha, os ruídos da água, panelas e xícaras. Fiquei sentado tranquilamente, e meus pensamentos eram tão abstratos que nem conseguiam formar palavras. Mas o momento era belo, muito belo, sei que constatei naquela hora. Então senti a presença de alguém mais na sala. Abri os olhos e vi Mauritz Winckler apoiado em um balcão me observando.

Olhei para ele, que usava os mesmos óculos arredondados e continuava com o cabelo muito curto e grisalho, exatamente como quatro anos antes. A camisa sem gola e a calça de veludo cotelê também poderiam ser as mesmas das vezes que eu o havia encontrado, mas nunca se sabe.

Nenhum de nós pronunciou uma palavra, e, depois de alguns poucos minutos, Ewa apareceu carregando uma bandeja com o chá. Ela parou no meio da sala e olhou para cada um de nós, primeiro para Mauritz Winckler e depois para mim. Então se esforçou para dar um sorriso rápido e passageiro, acomodando a bandeja sobre a mesa de centro.

— O que você está fazendo em A.? — ela perguntou.
— Trabalhando — respondi.
— Com quê?
— Com uma tradução.
— Rein?
— Sim.
— Eu bem que desconfiava.

Mauritz Winckler tossiu uma vez e veio se sentar junto à mesa. Ewa começou a servir o chá de uma chaleira de cerâmica.

— Faz tempo que vocês moram aqui? — perguntei.
— Três anos.
— Três anos? Desde que...
— Sim — respondeu Mauritz Winckler. — Desde então.

Tomamos um pouco de chá. Olhei para o sinal de nascença que Ewa tinha na bochecha e lembrei que havíamos contado todos os nossos sinais do corpo naquele hotel em Nice, em nossos primeiros anos juntos.

— Quanto tempo você vai ficar aqui? — ela perguntou.

Encolhi os ombros.

— Não por muito tempo, creio. O meu trabalho está terminando.

— Entendo — disse Mauritz Winckler, e me perguntei o que era que ele entendia.

Ficamos em silêncio novamente, evitando olhar um para o outro. Mauritz Winckler comeu um biscoito.

— O que aconteceu em Graues? — perguntei finalmente.

Achei que os dois ao menos trocariam olhares agora, mas não o fizeram. Ambos ergueram o olhar e me encararam com...

... com uma seriedade que me pareceu no limite da falta de educação, afinal eu estava fazendo uma visita e tinha boas intenções. Esvaziei rapidamente minha xícara de chá, coloquei-a sobre o pires com uma batida e endireitei as costas.

— O que aconteceu em Graues? — repeti, em tom mais alto dessa vez.

Mauritz Winckler sacudiu a cabeça lentamente. Ewa se levantou.

— É melhor você ir embora agora — ela disse.

Fiquei sentado por um momento, deliberando comigo mesmo, então me levantei da poltrona. Ewa foi na minha frente até o hall e, quando estava com a mão na maçaneta para me deixar sair, perguntei pela terceira vez, agora em voz baixa, para que Mauritz Winckler não escutasse.

— O que aconteceu em Graues?

Ela abriu a porta.

— Não pretendo explicar a você, David — disse.

— Como assim?

Ela me olhou da mesma maneira séria, quase nauseante de antes.

— Você está me perguntando o que aconteceu em Graues. Mas tem que entender que não tem esse direito.

— Direito?

— Você não tem o direito de saber o que aconteceu.

Eu nada disse.

— Talvez isso seja o mais deprimente nessa situação — ela falou sem me olhar. — Você não entender isso.

Dois pensamentos contraditórios surgiram em minha mente; pesei-os rapidamente e acabei desistindo.

— Adeus, Ewa.

E fui embora sem olhar para ela.

Dez minutos mais tarde eu estava na Windemeerstraat. Andava em direção ao centro por aquelas calçadas amplas; o sol estava baixo, mas ainda aquecia meu rosto. Tinha muita gente passando, e de vez em quando eu fechava os olhos e esbarrava em alguém naquela multidão. Lembro de sentir que de certa forma eu pertencia àquele lugar, mas não me comportava de maneira diferente de qualquer outra pessoa ali.

Deixei três bondes passarem antes de decidir pôr meu plano em ação. Era um procedimento muito simples: apenas dois passos para a rua e tudo chegaria ao fim.

Tudo.

III

Então, veio outro tempo e eu não entendi qual era sua finalidade.

Um tempo mais leve que o vácuo, mais deserto que o alto-mar, mas um dia Henderson apareceu com suas afirmações absurdas e suas fotografias.

Um ponto surgiu no vazio, permanecendo ali e crescendo, e eu já tinha começado a segui-lo com o olhar.

— Então o senhor a deixou e foi embora como um cão sarnento?

Não respondo. Coloco umas azeitonas oleosas na boca e olho para a água. O sol está se pondo naquele tom de rosa-amarelado espalhado pelo horizonte, e a tranquilidade é quase palpável. Estamos sentados no terraço, cada um na sua poltrona de cordas, que, segundo ele mesmo, desenhou e mandou um artesão do lado leste do vilarejo fazer. Ele aumentou a casa também; a casinha original media uns trinta ou quarenta metros quadrados, e agora tem o dobro do tamanho. E foi modernizada: a água vem das fontes na montanha e a eletricidade chega através de um cabo desde o vilarejo. Há terraços e parreiras na descida do terreno nos fundos da casa, e um par de imponentes ciprestes que ele transplantou do outro lado da baía e conseguiram se enraizar. Umas vinte oliveiras, algumas com mais de quinhentos anos, ele afirma. Subindo a montanha há um caminho sinuoso até a capela, que também pertence ao seu patrimônio. Um francês excêntrico morava aqui antes dele, viveu aqui por mais de cinquenta anos, com uma horda de gatos e um címbalo, mas se mudou de volta para Rouen quando envelheceu, vindo a falecer dois meses depois. Os gatos foram embora, mas o címbalo ainda está aqui.

Ele não omite os detalhes quando conta suas histórias; talvez tudo não passe de fábulas. Percebo que está muito satisfeito por ter plateia novamente, nem que seja apenas um, no caso eu. É óbvio que ele não interage com outras pessoas. Vai de barco, atravessando a ilha, até o vilarejo principal a cada três semanas para comprar mantimentos, mas fora isso vive isolado, algo que talvez o tenha tornado mais falante do que eu me lembrava. Tem uma necessidade premente de falar, e seu narcisismo e egocentrismo não diminuíram em nada. Acho até que aumentaram um pouco. Sua atividade principal na solidão parece ser carregar pedras, para melhorar o terraço ou terminar de construir o muro alto de um metro de espessura que por enquanto circunda a casa em duas direções e meia.

— O senhor concorda — ele continua — que é imperdoável desperdiçar uma história dessa maneira? Uma história que começa com um espirro no rádio...

— Foi uma tossida.

— Uma tossida, dá no mesmo. O senhor deixou tudo lhe escorrer entre os dedos. Um absurdo! Deixar os dois lá e...

— Ir embora como um cão sarnento, sim.

Aguardo enquanto ele acende um cigarro em sua piteira esnobe feita de ébano, se não me engano.

— O senhor tem familiaridade com as minhas pequenas ideias sobre os roteiros da vida?

— Naturalmente. E tenho conhecimento de que não são suas. O senhor está querendo dizer que a sua história é muito melhor?

Ele dá uma risadinha.

— A comparação é uma grande ofensa.

Ele nem olha para mim. Continua fumando com o olhar fixo no mar. Acho que está ficando cansado.

— Era mesmo necessária aquela intriga tão complicada? — pergunto depois de alguns segundos de silêncio.

— Mas é claro — ele responde, irritado. — O que o senhor acha, caramba? A suspeita tem que crescer aos poucos... O senhor não acha que funcionaria se eles fossem parar direto debaixo dos holofotes, não é? Não se faça de desentendido, o senhor sabe muito bem que é assim que deve ser feito. Aí está o resultado!

— O senhor contava com a morte dela também?

Ele encolhe os ombros.

— Isso não tem nada a ver com a história. O que o senhor quer que eu diga? A sua esposa está vivendo muito bem com o seu rival! O senhor não veio até aqui para me dizer que fez como havia planejado, não é mesmo? — Ele deu uma gargalhada. — Maldito diletante! Nem conseguiu descobrir o que aconteceu!

Eu o observo de lado enquanto ele beberica o vinho retsina, seu perfil pesado de cabelos bastos clareados pelo sol; está com sessenta e um anos, calculo, bronzeado, saudável e cheio de vida. Sua tão comentada decadência dos últimos anos o deixou por completo, e, se nenhum imprevisto acontecer, é provável que viva mais um quarto de século aqui neste paraíso escondido. Entre suas pedras, suas azeitonas e suas lembranças tendenciosas.

Se nenhum imprevisto acontecer.

— Não, eu não sei o que aconteceu em Graues.

Eu lhe contei resumidamente minha história, nem tenho certeza se ele me ouviu de fato, mas parece que ficou gravada em sua memória. Agora, porém, ele não tem mais nada a dizer.

— Eu me lembrei da "Tentação de Gilliam" outro dia — digo, depois de um momento de silêncio.

É um de seus primeiros contos, sobre um homem obcecado por dirigir tanto sua própria vida quanto a vida das pessoas próximas, segundo determinadas imagens e sinais que chegam até ele das mais variadas formas, principalmente através de sonhos. Uma história um tanto bizarra, que termina com ele incendiando a mulher e os filhos. A tentação do título refere-se à hesitação do personagem principal diante de seu último ato, a difícil tentação de *não* seguir os avisos e as vozes em sua mente.

No fim, ele acaba fazendo o que pretendia desde o início. Rein dá risada.

— Ah, sim, esse! — Pensa um pouco. — Sim, podemos dizer que ainda dá certo.

— Como o senhor fez? — pergunto.

— O quê?

— Bem, a fuga.

— Não foi uma fuga. Eu só consegui um novo passaporte e um disfarce simples... e dinheiro, é claro.

— O senhor não estava embriagado naquela noite?

— Um pouco, pode-se dizer.

— Ainda acho que o senhor teve sorte.

— Bobagem.

Durante toda a nossa conversa, eu espero que ele pelo menos me agradeça pela ajuda, mostre um pouco de reconhecimento por eu ter correspondido a suas expectativas e cumprido o papel que ele determinou, mas, agora que o sol desapareceu e a noite vem chegando, percebo que isso nunca nem lhe passou pela cabeça.

Desde quando o mestre agradece à boneca por ela dançar?

E à marionete por reagir quando ele puxa as cordas?

Obviamente nunca aconteceria.

Olho para meu barco, acomodado sobre a areia da praia. Ainda há luz suficiente para descer pela íngreme e irregular escada de pedras — que restou dos tempos do francês na casa — sem levar uma lamparina, mas dentro de meia hora ficará impossível. Rein está em silêncio de novo, e acho que sua capacidade de expressão acabou. Eu o observo por um momento, tenho certeza de que ele sente meu olhar, mas nem vira a cabeça em minha direção. É óbvio que quer ser deixado em paz. Esvazio meu copo e me levanto da poltrona.

— Acho que está na hora.

Ele anui, mas não se levanta. Continua ali sentado e enrola mais um cigarro em sua maquininha deselegante.

A pergunta vem quando me viro de costas.

— O senhor não pretende divulgar isso na imprensa, não é? Minha nova identidade é incontestável, quero deixar bem claro. Não seria uma boa ideia.

— É óbvio que não.

— E não seria nada conveniente se o senhor decidisse agir como um mau perdedor, não é mesmo?

— Pode ficar tranquilo.

— Rein está morto.

— Rein está morto. Adeus.

— Adeus.

Quando alcanço o barco, já está tão escuro que não consigo vislumbrá-lo no terraço lá em cima. Não quero acender a luz e sou obrigado a tatear em busca da faca que escondi debaixo da rede enrolada no chão. Acabo por encontrá-la.

Fico ali sentado, sentindo seu peso e sua lâmina afiada em minha mão, por uns vinte minutos, enquanto espero escurecer totalmente. Meus pensamentos vagam, nada que valha a pena mencionar ou que permaneça comigo. Quando vejo uma lamparina se acender lá no alto, começo a subir novamente a escada irregular.

EM BREVE NAS LIVRARIAS OS VOLUMES 2 E 3 DA SÉRIE
INTRIGO
MAIS QUATRO HISTÓRIAS CHEIAS DE SEGREDOS, VINGANÇA E REVELAÇÕES SURPREENDENTES.

Impresso no Brasil pelo Sistema Cameron da Divisão Gráfica da
DISTRIBUIDORA RECORD DE SERVIÇOS DE IMPRENSA S.A.